Langenscheidt

A Mermaid to Kiss – Eine Meerjungfrau zum Küssen

von Yvonne Hergane

Langenscheidt

Berlin · München · Wien · Zürich · New York

Lektorat: Barbara Müller
Muttersprachliche Durchsicht: Charlotte Collins
Coverzeichnung: Kirill Chudinskiy

www.langenscheidt.de

Umwelthinweis: gedruckt auf chlorfrei gebleichtem Papier

Druck: Mercedes-Druck GmbH, Berlin
Printed in Germany

ISBN-13: 978-3-468-20476-0
ISBN-10: 3-468-20476-0

1. 2. 3. 4. 5. * 10 09 08 07

Donnerstag, **21. JULI**, 7 Uhr 38 auf meiner Armbanduhr

Wetterlage: Draußen graublaue Himmelsuppe, in der Flugzeugkabine erfrier-geeignete 18°C.
Fauna-Sichtungen: eine Fliege, die ohne Greencard in die United States einreisen und vermutlich eine Fremdgattungs-Invasion mit Ausrottung einheimischer Fliegenarten auslösen wird – sofern sie nicht vorher in der Kabine erfriert.
Mein Sozialstatus: bislang nicht definiert.
Titel des Tages (TdT): In 80 Lagen um die Welt – Oder: Von der Unmöglichkeit, auf einem Langstreckenflug eine bequeme Sitzposition zu finden.

Aua! So geht's also auch nicht. Ich wollte meine verflixten Eins-achtzig mal wieder kunstvoll falten und dabei das Tagebuch auf den Spitzknien balancieren, aber keine Chance. Da nützt es mir auch wenig, dass ich einen Gangplatz hab. Von wegen „Über den Wolken muss die Freiheit wohl grenzenlos sein" – meine Beinfreiheit ist damit ganz eindeutig nicht gemeint.
Also wieder aufrecht hinpflanzen, Klapptisch runter, und hoffen, dass man die verbleibenden zwei Stunden Flug irgendwie überlebt. Mamaaa? Sind wir bald daha?
Der Typ neben mir scheint mit den engen Sitzen weniger Probleme zu haben. Kein Wunder, der ist auch bestimmt einen Kopf kleiner als ich und nicht mit sol-

chen Schlaksbeinen geschlagen. Dafür mit etlichen Pickeln auf der Stirn und einem seltsamen Gesprächsverhalten. Die ersten vier Stunden nach dem Abheben in London hat er kein Wort rausgebracht, immer nur in den Cape-Cod-Abschnitt seines Neuengland-Reiseführers gestarrt. Und dann, auf einmal, plappert er los. In der Knabbertüte Sprechperlen statt Erdnüsse gehabt, oder was?

obviously offensichtlich
couple einige
ahead of vor
holiday camp Ferienlager

Er: „So you're flying to Boston, too?"
Ich: „**Obviously**." Oder hält das Flugzeug etwa noch mal irgendwo über dem Atlantik und lässt ein paar Passagiere aussteigen?
Er: „Erm ... yeah. Sorry, what a silly question. Just wanted to start a conversation. I mean, there are still a **couple** of hours **ahead of** us, and I thought ... Okay, let me start again. I'm Danilo from Rome."
Oha, ein Italiener. Sollen die nicht Lahahaidenschaft pur sein? Amore, signore, dolce vita, und komme Sie mita und so? Der hier sieht mir aber alles andere als leidenschaftlich aus. Nicht mal rassig schwarze Haare hat er, eher so straßenköterblonde. Aber pfui, Jessie, man soll doch nicht vom Äußeren aufs Innere schließen. Außerdem mag ich Straßenköter doch. Was mich prompt an Stumpi zu Hause erinnert und an Mama und Papa, die so lieb waren, mir diese Reise zu ermöglichen ... Hach, schnief.
Ich: „Nice to meet you, Danilo. I'm Jessica from Hamburg." Und dann packe ich noch eine freundliche Info obendrauf, so als Zeichen meines guten Willens. „I'm going to a **holiday camp** in Provincetown."

Er (Glupschaugen im Rausspring-Modus): „Really? The Whales' Tales camp, right? Hey, so am I! What a **coincidence**! This is so cool!"

Ja, so cool. Vor allem weil ich den Typen dann auf der Busfahrt von Boston nach Provincetown vermutlich auch nicht mehr loswerde. Einmal Cape Cod quer durch, bis an den äußersten Zipfel, das dauert ein paar Stunden. Aber okay, war ja eigentlich klar, dass in dem Flieger vermutlich die meisten Camp-Teilnehmer aus Europa sitzen würden. Die Whales-Leute werden das so organisiert haben, dass sie mit dem Transferbus nicht tausend verschiedene Flüge abpassen müssen.

coincidence Zufall
marine biologist Meeresbiologe, Meeresbiologin
some day eines Tages
opportunity Gelegenheit
to pay (paid, paid) bezahlen
what about ...? was ist mit ...?
there you go da hast du's
as well auch
to study studieren

Danilo: „I'm so nervous about this trip! It's always been my dream to be a **marine biologist some day**, and I can't believe I'm getting the **opportunity** to work with whales now. My parents **paid** for this holiday camp, you know, although our family doesn't have much money. I'm so happy! And excited! And nervous! And ... erm ... and **what about** you?"

Ich muss lächeln. „Well, **there you go**, second coincidence. My parents also paid for my holiday. It was their present for my fifteenth birthday. And coincidence number three: I want to be a marine biologist **as well**. We're lucky that we live in cities where we can **study** marine biology, you in Rome, me in Hamburg ..."

Danilo: „Yes, that's great, isn't it? Hey, this smells good!"

Die Flugbegleiterinnen schieben die Essenstrolleys durch die Gänge. Hmpf. Und ich dachte, Italiener würden was von gutem Essen verstehen. Ich finde den Pamp hier alles andere als wohlriechend. Mittagessen um acht Uhr morgens JIZ (Jessie-Innen-Zeit), und dann auch noch so ein undefinierbares braunes Tote-Tier-Gericht. Wöörgs.

„Da gibt's nur eins: Diet Hard", entschlüpft es mir. „**Subtitle**: Bruce Willis Feels a Little **Chubby**."

Zu meiner Überraschung kichert Danilo neben mir so heftig los, dass er sich beinahe an der Fleischmatsche verschluckt. Lacht der über mein angewidertes Nein-meine-Suppe-ess-ich-nicht-Gesicht oder hat er tatsächlich einen meiner Film- und Buchtitel-Jokes kapiert, mit denen bisher nie jemand was anfangen konnte?

„I'd eat a horse tail and all if that were the only way to make my dream **come true**", sagt er, auf einmal wieder ernst. „This ocean experience is all I want. I don't care if I have to eat grass every day."

Huch, da blitzt ja doch die Leidenschaft auf – für die Meeresbiologie zumindest. Ich persönlich finde allerdings, die Camp-Erfahrung und drei genießbare Mahlzeiten pro Tag müssen sich nicht ausschließen.

subtitle Untertitel
chubby dicklich
to come true wahr werden

Wie Danilo neben mir sich das Zeug in den Mund schaufelt – uärgs, ich kann da nicht zugucken! Also lasse ich den Blick durch die Flugzeugkabine wandern. Und lande – rein zufällig natürlich – bei dem schnuckeligen Typen fünf Sitzreihen vor mir. Praktischerweise hat er einen Gangplatz schräg gegenüber, sodass ich ihn immer schön im Auge behalten kann. Der ist mir schon beim Einsteigen aufgefallen. Groß, dunkelhaarig, olivfarbener Teint, freches Grinsen, Blitzen in den Augen. Hat irgendwie was. Prinz William als Surfweltmeister mit indischem Bollywood-Einschlag oder so. Und ungefähr genauso umschwärmt. Um ihn herum verteilt, sitzen nämlich ... Moment ... eins, zwei ... gleich sechs Mädchen. Die ihn anhimmeln, neckisch anblinzeln, an seinen Lippen hängen und auf jedes Wort, das er sagt (leider kann ich bei dem Gedröhne hier nichts davon verstehen), ooh- und aah-mundig reagieren. Der reinste Hühnerhaufen. How **embarrassing**. Indischer Prinz mit Blitz-Augenaufschlag hin oder her – so im Peinlich-Pulk würde ich nie um ihn rumscharwenzeln. Obwohl er schon besonders niedlich aussieht. Die süßen dunklen Löckchen im Nacken und überm Ohr ... Wäre ja zu cool, wenn der zufällig auch ins Whales-Camp unterwegs wäre!

embarrassing peinlich
to have to do sth etwas tun müssen
turbulence Turbulenz(en)
possible möglich
cabin crew Bordpersonal
tray Tablett
necessary notwendig
instruction Anweisung

„Ladies and gentlemen", erschallt plötzlich die knisterverzerrte Stimme des Piloten. „This is Captain Beldon speaking. Sorry to **have to** interrupt your lunch, but we seem to be flying into some **turbulence**. There's no need to worry, but we have to take the usual precautions. Please finish your meals as quickly as **possible**; the **cabin crew** will collect the **trays** in the next few minutes and then give you the **necessary instructions**. Thank you."

Na klasse, Turbulenzen in Sicht. Das Flugzeug vibriert auch schon ziemlich. Jetzt kriegt keiner mehr einen

Bissen runter, die Flugbegleiterinnen hetzen durch die Gänge und rammen die hingehaltenen Tabletts hastig in die Schubfächer der Trolleys.
Uups! Unter „Absacker“ hab ich mir bisher immer was anderes vorgestellt. Das Luftloch war bestimmt etliche Meter tief. Na, ein Glück, dass ich mir die Mittagspampe nicht angetan habe, die hätte jetzt bestimmt schon wieder den Weg in die Freiheit gesucht.
„Ladies and gentlemen ...“ Die Chefstewardess. „May I have your **attention**, please. We'd like to ask you to **fold up** the table in front of you, put your seat in an **upright** position and **fasten your seat-belt**. Please **refrain from** smoking and from using the toilets and keep your seat-belt fastened until the **warning signs** above your head have been **switched off**.“
Refrain from smoking? Ich denke, auf Überseeflügen darf man sowieso nicht rauchen? Aber vielleicht spult die Frau in der Hektik einfach nur den Text ab, den sie vor Urzeiten mal einstudiert hat.
Oha, da war auch gleich das nächste Luftloch und das war noch ... luftiger und löchriger als das erste. Vereinzelt quieken die Leute – ich hab da vor allem die Girlie-Groupies von dem süßen exotischen Prinzen da vorne im Verdacht.
So ganz wohl ist mir aber auch nicht bei dem Gewackel. Eigentlich sollte ich das Tagebuch jetzt weglegen, bestimmt kann man das Gekrakel eh nicht mehr entziffern.

attention Aufmerksamkeit
to fold up hochklappen
upright aufrecht
to fasten one's seatbelt sich anschnallen
to refrain from doing sth unterlassen, etwas zu tun
warning sign Warnsignal
to switch off ausschalten

„I'm sure we'll be all right", raunt mir Danilo zu. „I've had worse flights and **survived**. These Boeings are very **solid**, believe me." Er klopft lachend an die Bordwand. Ich lächle ihn gequält an. Offenbar sieht man mir doch recht deutlich an, dass ich Luftlöcher nicht als Achterbahn-Ersatz genießen kann.

Uuuund – da war schon wieder eins. Ich schlucke meinen hochkatapultierten Magen mühsam wieder nach unten. Langsam reicht's aber auch wieder.

Aber nein, es wird im Gegenteil schlimmer. Uuuhaaa! Auf und ab und auf und ab und rechts und links und wackel-wackel ...

„Ladies and gentlemen", dröhnt wieder die Stimme des Piloten. „I do **apologize**; I'm **afraid** there was no way we could **avoid** flying into this bad weather. But I **assure** you there's no need to worry ..."

Das Flugzeug sackt plötzlich unaufhaltsam nach unten, meine Eingeweide krallen sich oben fest. Aaaaaah, hört das irgendwann auch mal wieder auf? Jetzt wird's aber wirklich brutal. Die Passagiere kreischen, Kissen und Brillen fliegen durch die Luft. Ich kann kaum noch den Stift halten.

„I repeat: there is **absolutely** no need to be worried!"

Hilfe! Ich will nicht abstürzen! Wieso kann das nicht wenigstens erst auf dem Rückflug passieren? Dann hätte ich zumindest noch die Camp-Erfahrung mitnehmen können. Ich will doch Wale erforschen und retten! Und wer rettet jetzt mich? Ich will nicht ster...

to survive überleben
solid robust, stabil
to apologize sich entschuldigen
to be afraid (sich) fürchten
to avoid vermeiden
to assure versichern
absolutely absolut

IMMER NOCH DONNERSTAG, 21. JULI, 20 UHR 48 ORTSZEIT

Wetterlage: wonnig-sonnig, 26°C (zumindest vor Einbruch der Dunkelheit).
Fauna-Sichtungen: ein Schwarm dümmlicher Schnattergänse, die einen seltenen dunklen Schwan umschwirren.
Sozialstatus: freundlich-distanzierter Kontakt zu einem kleinen Italiener, ansonsten keine nennenswerten Links.
TdT: 2005 – Odyssee im Wal-Traum. Oder: Was man alles auf sich nimmt, um sich den größten Wunsch zu erfüllen.

destination Reiseziel
to wish wünschen
pleasant angenehm
onward journey Weiterreise; Weiterflug

Okay, wir sind also doch nicht abgestürzt.
Keine zwei Minuten nachdem ich mich innerlich schon von dieser Welt verabschiedet hatte, hörte das Gewackel plötzlich auf. Der weitere Flug verlief völlig ereignislos. Und jetzt liege ich hier im Zelt und ...
Aber der Reihe nach.
„Ladies and gentlemen, welcome to Boston, where it is now 11:05 Eastern Standard Time. To those passengers continuing to other **destinations**: we have landed absolutely on time, so you won't have any problems with your connecting flights. Thank you for flying with us. We **wish** you a nice stay in Boston or a **pleasant onward journey**, and we hope to have the

pleasure of your company on another flight with British Airways. Please **remain seated** and keep your seatbelt fastened until the plane has reached its **final** position. Thank you and goodbye."
Wir waren offiziell Stewardess-entlassen.
Kaum hatte das Flugzeug den letzten Rucker getan, sprangen die sechs Grazien um den Schnuckel auf und überschlugen sich mit Hilfsangeboten:
„Tony, would you like me to carry your **hand baggage**?"
„Hey, Tony, I could **give you a hand**, no problem."
„Tony, you've got too much to carry, need some help?"
Und das im 21. Jahrhundert! Unglaublich, oder? Ich meine, hey, der Typ ist doch weder Gips-und-Krücken-behaftet noch sonst irgendwie gehandicapt und wird es ja wohl noch schaffen, sein bisschen Zeug selber zu tragen. Wieso haben die nicht gleich angeboten, ihm die Füße zu küssen oder den Boden, auf dem er wandeln wird, mit Rosenwasser zu besprenkeln?
Einen Vorteil hatte die peinliche Aktion allerdings: Ich erfuhr, dass der Hübschling Tony heißt. Auch schon was.
Und dann folgte noch was viel Besseres: Es stellte sich raus, dass Tony tatsächlich auch ins Whales'-Camp will! Yeah!
Die Gackerhühner aber leider auch. Alle. Anti-Yeah.
In der Ankunftshalle stand eine junge Frau mit einem Schild: „The Whales' Tales Camp". Wie eine Schafherde um den Hirten pulkten sich alle Jugendlichen, die gerade dem Flugzeug aus London entstiegen waren, um die Frau und ich musste mich wohl oder übel anschließen.

pleasure
Freude, Vergnügen
to remain seated
sitzen bleiben
final End-
hand baggage
Handgepäck
to give sb a hand
jdm behilflich sein

„Hi, I'm Lisa", sagte sie. „Can I have your names, please?" Offenbar waren wir die Letzten, auf die noch gewartet worden war, denn als sie unsere Namen einen nach dem anderen abhakte, sah ich, dass die Liste schon voller Häkchen war. Und tatsächlich lauerten um uns herum bestimmt schon fünfzehn Typen und Mädchen, die wohl aus allen Ecken der Welt eingeflogen waren.
Mir fiel sofort eine Teen-Zicke ins Auge: norm-lang-blond, norm-magerschlank und dem Akzent nach von gar nicht weit her kommend. Um sie herum ein Hofstaat aus drei weiteren Standard-Tussis.
„Hey, Kelly, look over here", raunte ihr eine von ihnen zu, als wir uns näherten. „Isn't he **cute**?"
Sie meinte Tony, wen sonst. „What do you think? Indian grandfather?"
„Nooo", zog eine andere den Sprechkaugummi in die Länge. „He doesn't look a bit like the Navajo and Hopi guys from my school. **Besides:** it's **un-PC** to call them Indians. I think Native Americans is the correct **term**."
Oh Herr, schmeiß Hirn vom Himmel!
„She means Indian as in India, you idiot!", zischte die angesprochene Kelly.
„India, you know … Bombay, New Delphi, Hanoi …"
Ohhh Komma je …
„Anyway", murmelte die Gescholtene beleidigt. „I think he's absolutely **awesome**. I **bet** he's a good **kisser** – just look at those sexy **lips** ..."
„Well, why not find out? But there are too many possible **candidates** around now. I'd better **approach** him

cute süß
besides außerdem
un-PC politisch nicht korrekt
term Begriff
awesome *(AE)* klasse
to bet wetten
kisser Küsser
lip Lippe
candidate Kandidat(in); Bewerber(in)
to approach annähern

later", beschloss Kelly. „**None** of those silly girls are real competition, but still … I'll wait for a better opportunity to **step into the limelight**."
Oha, die Hair Force One nimmt Anlauf, dachte ich. Wenn Tony auf hirnlose Blondmähnen steht, sehe ich gegen die Zicke keinen Stich. Vor allem weil ich es bei meiner Schüchternheit bestimmt eh nie schaffe, mich in Szene zu setzen, selbst wenn mir die Gelegenheit regelrecht ins Gesicht springen würde.

„Hard Brain", raunte es neben mir auf einmal belustigt.

Ich drehte mich um – Danilo grinste mich an. „Subtitle: Why giving your kids a good education is more important than ever **nowadays**."

Ich musste lachen. Und zwar laut genug, dass sich die Zicken-Clique sofort nach mir umsah. Aber sie hatten Danilos Einwurf sowieso mitgekriegt.

„Who's that **pygmy** guy?", zischte Kelly. „Did anybody ask you for your opinion, **kiddo**?"

„The airport's **indoor** playground is over there, I think. So why don't you just go back where you **belong**?", keifte dazu der Blond-Klon neben ihr. „And take your **beanpole nanny** with you."

Okay, jetzt war *ich* also ins Zentrum ihrer gebündelten Aufmerksamkeit gerückt.

Aber bevor Danilo oder ich etwas sagen konnten, schaltete sich zum Glück Lisa ein. „Well, looks like

none keine(r/s)
to step into the limelight ins Rampenlicht treten
nowadays heutzutage
pygmy Pygmäe; Pygmäin
kiddo Kleine(r)
indoor Innen-, Haus-
to belong (hin)gehören
beanpole Bohnenstange
nanny Kindermädchen

everybody's here", verkündete sie. „So let me welcome you to Boston. As I said before, I'm Lisa, one of your team leaders. Your transfer bus to Provincetown is already waiting outside the airport. I have to see to a few things here in town today so I won't be coming with you, but the bus driver will explain everything you need to know, and my **colleague** Chris will be waiting for you at the camp. I'll join you tomorrow."

Sie führte uns nach draußen, bugsierte uns der Reihe nach in den bereitstehenden Bus, verabschiedete sich mit einem knappen „See you tomorrow, then" und verschwand.

colleague Kollege, Kollegin
folks *(AE)* Leute
gigantic riesig
chunk dickes Stück
to come across sth auf etwas stoßen

Die gute Nachricht in Sachen stundenlange Busfahrt: Ich musste weder Danilos Endlos-Geplapper noch irgendwelche Hack-Hiebe seitens der Tussen-Fraktion über mich ergehen lassen. Die schlechte Nachricht: Das lag nur daran, dass wir alle den waaahnsinnig amüsanten Sprechdurchfall des Busfahrers über uns ergehen lassen mussten. Zu jedem auch nur ansatzweise ungewöhnlichen Ortsnamen entlang der Strecke musste er irgendein bescheuertes Anekdötchen produzieren. Ein paar Kostproben gefällig?

„Hey, **folks**, this is Sandwich we're driving through. I bet you never thought you'd travel through a **gigantic** sandwich, right? Just watch out for falling cheese and ham **chunks**, har har!" – „That's Sandy Neck right ahead. Let me tell you a secret: my wife's called Sandy, and her neck is the softest and most beautiful part of the body I've ever **come across**. And it's not

sandy sandig
honeymoon Flitterwochen
I'll give you three guesses. Dreimal darfst du / dürft ihr raten.
first-born erstgeboren
extremely äußerst, extrem
actually eigentlich

sandy at all. Whoaa!" – „Just a few miles to the right – that's Dennis Port. My lovely Sandy and I spent our **honeymoon** there. And now **I'll give you three guesses** what we called our **first-born** son … Yeah, right. Dennis. Isn't that funny?"
Yeah. **Extremely** funny. Nun denn, irgendwann geht selbst die lustigste Fahrt mal zu Ende. Halleluja.
Der Empfang im Camp war dann kurz und schmerzlos. Das Camp selbst liegt ein Stück außerhalb von Provincetown in den Dünen der Provincelands, sozusagen mitten im Sand. Meerblick zum Sterben schön, Wasser, Wasser, Wasser, so weit das Auge reicht. Obwohl es in der schnell hereinbrechenden Dämmerung nicht mehr allzu weit reichte. Drei große Zelte, ein kleines – vermutlich für die Gruppenleiter –, zwei mobile Toilettenhäuschen, eine improvisierte Dusche in einer Art Wellblechhütte. Oha, luxuriös kann man das hier nicht nennen. Aber wir sind ja auch nicht zum Ausspannen hier, sondern zum Lernen und Arbeiten.
Die Künstel-Schönheiten quittierten die spartanische Ausstattung mit Entsetzensrufen:
„I can't believe we're expected to live like this for four weeks! This is just too much!"
„No, **actually** it's just too little …"
Bin gespannt, wie sich das morgen anhört, wenn sie in den Genuss der kalten Dusche ohne anschließende Schminkmöglichkeit in privatissimo kommen.
Aber die lange Anreise hatte uns alle so erschöpft, dass

sich die Proteste zumindest heute insgesamt noch in Grenzen hielten.
„Hi, everybody", begrüßte uns Chris, der zweite Gruppenleiter. „Welcome to what we hope will be the most exciting time of your life so far. I know you all had a long journey and must be **totally exhausted** so I'll keep it short. The big tent on the right is the boys' tent, the one on the left the girls' tent. The one in the middle is our **combined** kitchen and canteen. As you can see, we can't offer you a **luxury** vacation, but I hope we'll be able to **provide** you with other **extraordinary** experiences to **make up for** the **lack** of comfort. You'll find everything you need for the night in your tents. Just find yourself a place to sleep in there and we'll talk about everything else in the morning. Oh, and ... let me give you something to look forward to: we'll have a welcome party tomorrow night! That'll be a good opportunity to **get to know each other** and a nice start to your **stay** here. So, good night and sweet dreams!"
So. Jetzt liege ich hier also auf einer höllenharten Isomatte, in einem müffeligen, alten Army-Schlafsack, zwischen mehr oder weniger laut schnarchenden Mädchen eingeklemmt, und werde gleich meine Taschenfunzel und das Tagebuch weglegen. Bin nämlich todmüde, gähn. Bis morgen!

totally total, komplett
exhausted erschöpft
combined kombiniert
luxury Luxus-
to provide versorgen
extraordinary außergewöhnlich
to make up for sth etwas wieder gutmachen
lack Mangel
to get to know each other sich kennenlernen
stay Aufenthalt

Freitag, **22. JULI,** *17 Uhr 06*

Wetterlage: weiter heiter, laut Thermometer am Küchenzelt heute Morgen 75° Fahrenheit (etwa 24°C).
Fauna-Sichtungen: ein Kakadu namens Kaiser, ein Schwarm Shopping-Schrapnellen, etliche schräg-bunte Vögel.
Sozialstatus: no ***shopaholic****? No good!*
TdT: Morgens um 7 ist das Zelt noch in Ordnung (Der Irrsinn beginnt erst um 8).

„Wake-up caaall!"
Der Schrei war markdurchdringend. Und noch markdurchdringender der Gettoblaster, mit dem anschließend der Zeltplatz beschallt wurde. „In the **Navy** ...!", plärrte es so laut aus den Boxen, dass ein halbes Dutzend unsanft aus dem Schlaf gerissener Mädchen sich stöhnend die Hände auf die Ohren klatschte.
Drei Sekunden später steckte Chris lachend den Kopf ins Zelt. „Hi, girls. Time to get up. I'd hurry if I were you, some of the **sleepyheads** from the boys' tent are already **making a run for** the shower."
Hätte nicht gedacht, dass Kelly und ihre Dornhöschen-Gang so schnell aus ihren Schlafsäcken hüpfen könnten. Aber wahrscheinlich ekelte sie die Vorstellung, die

shopaholic Einkaufssüchtige(r)
navy Kriegsmarine
sleepyhead Schlafmütze
to make a run for sth zu etwas hinrennen

Stinkmauken eines männlichen Wesens könnten vor ihnen das Ablaufgitter unter der Spartano-Dusche verseuchen, so an, dass sie unbedingt als Erste die königliche Waschung absolvieren wollten.
Eine halbe Stunde lautstarkes Kaltwasser-Gekreisch später waren die chlorreichen Sieben (okay, es waren nur fünf inklusive Kelly, aber den Joke konnte ich mir nicht verkneifen) dann endlich gesäubert und machten sich im Zelt an ihre GVM (Gesichts-Verschönerungs-Maßnahmen).
Wir Fußvolk gönnten uns nur eine Katzenwäsche und begaben uns dann zum ersten Frühstück unseres Aufenthalts. Omelett mit Speck – och menno ... Ich würgte mir ein paar Gabeln voll rein, schließlich würde ich meine ganze Energie brauchen – um die Wale vor dem Untergang und mich vor der Kelly Family zu retten.

grace period Gnadenfrist
to spare ersparen
chore Aufgaben
washing up Abwasch
cleaning job Putzarbeit
to explore erforschen; erkunden

„This is your first day here“, begann Chris, „and it's the only **grace period** you'll get. We've decided to **spare** you the camp **chores** today. Isn't that good news? No **washing up**, no **cleaning jobs**. Instead, you're allowed to go downtown and **explore** our wonderful city of P-Town. I'm sure you'll love it. And then Lisa and I will meet you at one p.m. at the pier. Please be on time, because we'll be giving you some important information. We'll introduce you to the work our organization does, tell you what you're expected to help us with for the next four weeks, and show you our Whales' Tales boat.“

Keine zehn Minuten später strömte die ganze Lagerbelegschaft Richtung Stadt.

Die meisten Jungs verschwanden sofort im nächstbesten Internetcafé. Am liebsten hätte ich mich drangehängt – nein, nicht um Tony auf die Pelle zu rücken, naheiiin! Ich wollte nur meiner puerto-ricanischen Mail-Freundin Estella schreiben. Okay, okay, natürlich wollte ich Tony auf die Pelle rücken. Ja klar, und morgen kommt der Weihnachtsmann. Ich hätte doch eh kein Wort rausgebracht, wenn er mir näher gekommen wäre als zwei Meter. Erst recht in Anwesenheit der ganzen anderen Jungs. Außerdem wäre es dann doch zu auffällig gewesen, ich als einziges Mädchen zwischen den ganzen Kerlen.

Mit dem Club der toten Lichter rund um Kelly wollte ich aber auch nicht rumziehen. Bei denen blinkten ja schon Shopping!-Shopping!-Alarmleuchten in den Augen, seit Chris das Wort „downtown“ hatte fallen lassen. Und wenn ich etwas nicht leiden kann, dann enge Umkleidekabinen, Klamotten, deren Ärmel und Hosenbeine mir grundsätzlich zu kurz sind, und Verkäuferinnen, die mit einer Miene, als hätte ich sie persönlich beleidigt, „In deiner Größe führen wir nichts“ zischen.

series Reihe
cross-street Querstraße
dune Düne

Und so stand ich, nachdem sich alle verdünnisiert hatten, ziemlich unschlüssig auf der Straße. Da kam eine vertraute Stimme von hinten. „The town has two parallel main streets“, las Danilo aus seinem Reiseführer vor. „A **series** of **cross-streets** connect the two, starting at the harbor and running back towards the **dunes**. Commercial Street runs

along the **waterfront**, while Bradford Street runs parallel, one **block** back."
Na danke, jetzt hatte ich also den Kleinling an der Backe. Wieso hatte der nicht mit den anderen Jungs mitgehen können? Vielleicht aus einem ähnlichen Grund, aus dem ich mich aus dem Mädels-Pulk heraushielt, dachte ich und beschloss, mich ins Unvermeidliche zu fügen.
Provincetown ist aber auch ein hübsches Fleckchen Erde! Schmale Gassen mit eng gedrängten, niedrigen Häuschen, kleinen Pensionen, die schon von außen total heimelig aussehen, Lobster-Lokalen in Pastelltönen und einer Unzahl witziger Läden mit den buntesten Fassaden und den abgedrehtesten Namen, die mir je untergekommen sind – Freak Street, Shop Therapy, **Spank** the Monkey ... In einem Geschäft namens „Paws and **Whiskers**" gibt's Gebäck und Leckereien ausschließlich für Haustiere – da muss ich vor der Abreise unbedingt was für Stumpi einkaufen.
„Did you know that Provincetown is the place where the Mayflower **Pilgrims** first landed?", fragte Danilo. „They arrived in November 1620 and spent five weeks exploring the **tip** of Cape Cod before they sailed on to Plymouth. They also **drew up** and **signed** the Mayflower **Compact**, which **established** the **rule of law** for the new country." Er deutete auf den Turm, der Provincetown über-

waterfront Hafengebiet
block (Häuser)block
to spank sb jdm den Hintern versohlen
whisker Schnurrhaar
pilgrim Pilger(in)
tip Spitze
to draw up entwerfen
to sign unterschreiben
compact Pakt, Vertrag
to establish etablieren
rule of law Rechtsstaatlichkeit

ragte. „The Pilgrim Monument, **built** to **commemorate** the Pilgrims' first landing in the New World. President Theodore Roosevelt **himself laid** the **cornerstone** in 1907. The tower is 252 feet high and it **houses** a museum whose **purpose** is to **educate** the **public** about Provincetown's role in American history."

Mann, der Typ hörte sich ja an wie ein wandelnder Museumsführer! Aber spannend war das Ganze schon. Wer hätte gedacht, dass wir gerade auf so geschichtsträchtigem Boden standen? Und kein Wunder, dass Danilo der Turm besonders gefiel – der hätte auch jeder italienischen Stadt als stattlicher Kampanile zur Ehre gereicht.

In Sachen Kunst, Theater und Literatur muss P-Town auch eine wichtige Rolle gespielt haben. „Eugene O'Neill, Truman Capote, Edward Hopper ...", begann Danilo aufzuzählen. „The first American theater **association** was also **founded** here."

Der weltoffenen Bewohner-Mixtur aus Malern, Schauspielern, Musikern, Hippies, Wissenschaftlern und allen möglichen „Exzentrikern" ist wohl auch Provincetowns Ruf als in jeder Hinsicht vorurteilsfreie Stadt zu verdanken, in der jeder so sein darf, wie er mag. In der Tat war die Atmosphäre hier absolut einzigartig. Schnuckelige Cafés neben Tattoo-Shops, winzlabyrinthartige Buchhandlungen neben Kitsch-as-Kitsch-can-

to build (built, built) bauen
to commemorate erinnern an
himself selbst; sich; *hier:* höchstpersönlich
to lay (laid, laid) legen
cornerstone Grundstein
to house beherbergen
purpose Zweck
to educate ausbilden
public Öffentlichkeit
association Verein
to found gründen

Souvenirläden – ich wusste gar nicht, wo ich zuerst hingucken oder reingehen sollte.
So nervig Mister Museumsführer manchmal auch sein mochte – zu meiner Überraschung schlugen wir beide in herrlich wortloser Übereinstimmung immer wieder die gleichen Wege ein, sodass der Vormittag zu einer sehr befriedigenden Bauch-&-Buch-Mischung aus Plunderteilchen-Verdrücken, Schmökern und Sightseeing geriet. Ich fürchte, am Ende des Camptrips werde ich diverse Kleidungsstücke aus meinem Koffer schmeißen müssen, um Platz für die gekauften Bücherstapel zu schaffen.
Vor einem Laden krähte uns jemand so plötzlich „Gutten Taaag! Gutten Taaag!" entgegen, dass ich erschrak. Ein Kakadu saß auf einer Stange und betrachtete uns mit zur Seite geneigtem Kopf.
„Guten Tag!", antwortete ich fröhlich. Mit einer deutschen Begrüßung hatte ich hier echt nicht gerechnet.
„Hey, are you German?" Der Ladenbesitzer kam aus der Tür geschossen.
„Yes, I'm from Hamburg."
„That's great! Finally! I've been waiting for somebody to explain some things to me about this cute little guy. I bought him from a German who was leaving town, but he had no time to tell me much about the bird. He's called Kaiser – does that mean anything in German?"
„Yes, it does – it means Emperor", antwortete ich.
„Cool! He's always **squawking** something that sounds like ... Off digny! Off digny! Can you guess what that means? In English it doesn't make any **sense**."

to squawk kreischen
sense Sinn

„Off digny? Erm ... I can't imagine ... Oh! Could it be ‚Auf die Knie'?"
Der Mann nickte. „Yeah, exactly."
„Well, then he's saying, 'On your knees!'"
Der Ladenbesitzer begann, schallend zu lachen. „Okay, now I **get it**. His **Majesty** seems to be very sure of himself. Hey, birdie – I promise to be your **devoted servant** for as long as you live."

to get it etwas kapieren
Majesty Majestät
devoted servant ergebener Diener
selection Auswahl
royal königlich
empress Kaiserin
You're welcome. Gern geschehen.
to take care aufpassen

Danilo und ich lachten mit. „I hope you don't forget to offer him his daily free flight and a wide **selection** of fresh fruit."
„Don't you worry – now that I know that he has **royal** blood I'll look after him even better. And maybe I'll get him an **empress**, too, what do you think? Thanks for your help, anyway!"
„**You're welcome**." Winkend gingen wir weiter.
Jetzt hatte ich so gute Stimmung wie schon lange nicht mehr, und als wir dann auch noch Tony erblickten, der an einer offenen Telefonzelle stand, den Hörer in der Hand, kündigte sich sogar eine Steigerung meiner Stimmung an. Vor allem weil er ganz allein zu sein schien.
Ich dagegen nicht. Wie sollte ich Danilo jetzt nur loswerden, um freie Bahn für Tony zu haben?
Müßige Frage, Tony war nämlich so in sein Telefonat vertieft, dass jeder Ranschmeißversuch meinerseits sowieso zum Scheitern verurteilt gewesen wäre. Aber lauschen durfte man doch wenigstens?
„Yes, of course I'll **take care**, don't worry", raunte er

in den Hörer. Aha, er hatte wohl die Frau Mama dran. „I don't know, we haven't done much yet. They're giving us an introduction to everything in about ... let me see ... thirty minutes. Yeah, everybody seems to be quite nice. ... No, I haven't spotted anybody **in particular**, but hey, it's only my first day here." Er grinste verschmitzt vor sich hin. Anscheinend hatte seine Mutter nach den anderen Camp-Teilnehmern gefragt und er ließ jetzt die attraktive weibliche Hälfte vor seinem geistigen Auge defilieren. Meine Wenigkeit kam in der Prozession garantiert nur als hinterherhinkender Nachzügler vor, wenn überhaupt. „Sure. Yeah. Of course I'll call again, promise. Love you too. Bye. Yeah. Bye."

in particular insbesondere
Don't panic. Keine Panik.
max(imum) Maximum

Er verdrehte genervt die Augen und legte dann mit einem erleichterten Seufzer auf. Als er sich umdrehte und uns erblickte, schien ihm das alles andere als recht zu sein. Logisch – welcher Kerl, der älter ist als acht, möchte schon dabei erwischt werden, wie er Mamis braves Bübchen spielt?
„Oh – I didn't realize you were standing right behind me. How long have you been here?"
„**Don't panic.** Two minutes, **max**." Danilo warf ihm einen merkwürdigen Blick zu, den ich nicht deuten konnte. War er etwa gekränkt, weil er gemerkt hatte, dass ich am liebsten mit Tony allein gewesen wäre?
Die Nicht-Gelegenheit war dann auch in der nächsten Sekunde schon wieder vorbei, denn offenbar hatte das Schicksal beschlossen, meinem gelungenen Vormittag einen shittigen Abschluss zu schenken. Kelly und ihr

Jurassic Pack kamen nämlich gerade auf uns zu. Schicke Einkaufstüten schlenkerten ihnen im Dutzend um die Beine, die in den angeblich so topmodischen Musterstrumpfhosen einfach nur beknackt aussahen.
„What are *you* doing here?“ Püppi Langstrumpf war sichtlich gepisst, mich neben Tony anzutreffen. Bestimmt befürchtete sie jetzt, wir könnten den ganzen Vormittag zusammen verbracht haben – geschah ihr ganz recht.
„Why – do you own the town?“, zischte ich zurück. „This is the land of the free, remember?“
Zu meinem Verdruss musterte Tony jedes der Mädels von oben bis unten – und anscheinend gefiel ihm, was er sah. „Wow, **been on a shopping spree**? Looks like you found some good stuff.“
„Do you like it?“ Kelly drehte sich affektiert um die eigene Achse und reckte dann ihren tiefen Ausschnitt vor. „I fell in love with this dress the second I saw it, and I simply couldn't **part with** it, I just *had* to **keep it on**.“
„I'm sure you'll have a lot of fun with it, and with those high **heels**, once we're on the pier“, konnte ich mir nicht verkneifen zu sagen.

to be on a shopping spree einen Einkaufsbummel machen
to part with sth sich von etwas trennen
to keep on anbehalten
heel Absatz
satisfied zufrieden
smelly dustbin chic stinkender Mülleimer-Schick
archaeologist Archäologe, Archäologin

„Well, not all of us are **satisfied** with stuff like what *you* wear“, gab Kelly schnippisch zurück. „What's that style called? **Smelly dustbin chic**?“
Ihre Gefolgsmeute kicherte pflichtschuldigst im Chor. „I bet you want to be an **archaeologist** and you started

by **digging** in the **garbage dump**", hängte sich ein Klon namens Betty an den Lästerzug.
„Or maybe ... Hey, I **guess** in the circles you move in dresses and high-heeled shoes are less popular than **lumberjack** shirts and big **clumpy** boots, right?" Kelly deutete mit einem verschlagenen Grinsen auf die Regenbogenflagge, die an einem Laden direkt hinter uns wehte. „It wasn't a coincidence that you chose Provincetown for your holidays, was it? It's not the whales' tales you're looking for, it's the **gays**' ways!"
Haha. Wie witzig.
Geena starrte sie ungläubig an. „You mean she's ...?"
„Well, you never know, do you? Look at her short hair and everything. And she was just **babbling** something about land of the free and stuff like that ..."
Zum Glück tauchten jetzt die anderen Jungs ein Stück vor uns auf und Tony winkte ihnen zu. „Hey, guys, we're all over here!"
Er stapfte voran und die Gaga-Girlies hinterher. Na super, jetzt, wo Kelly ihm eingeredet hatte, ich wäre lesbisch, war ich bei Tony wohl endgültig aus dem Rennen.
Ich ließ mich zurückfallen. Oh Mann, wenn das so weiterging, würden die nächsten Wochen die totale Mobbing-Hölle werden. Dabei war ich doch nur hergekommen, um eine erlebnisreiche Zeit in Sachen Walbeobachtung und Tierschutz zu verbringen.
Als hätte er meine Gedanken gelesen, rückte Danilo, der ebenfalls ein Stück zurückgeblieben war, näher an

to dig (dug, dug) graben
garbage dump Mülldeponie
to guess vermuten; raten
lumberjack Holzfäller
clumpy klobig
gay Schwuler, Lesbe
to babble plappern

mich heran. „Don't let them **get you down**, okay? They're just a **superficial**, **brainless bunch**. Always remember what you're here for – remember your dream!"

to get sb down jdn fertigmachen
superficial oberflächlich
brainless hirnlos
bunch Haufen

Ich musste lächeln. Langsam wuchs mir der Italo-Zwerg echt ans Herz. Wenigstens einer hier, der mich nicht entweder ignorierte oder mich mit Verbaldreck beschmiss.

Immer noch Freitag, 22. JULI, *19 Uhr 06*

Wetter: unverändert freundlich (im Gegensatz zu den unverändert unfreundlichen Gewitterzicken).
Fauna-Sichtungen: fünf Seehunde, ein Falke, eine Taube (oder was davon übrig war).
Sozialstatus: on the outer-than-out-outside track.
TdT: Der alte Mann und der Teer. Oder: Eines der ungelösten Rätsel der Menschheit – Warum gibt es keine Seebären ohne Pfeife?

Es war noch nicht ein Uhr, als wir am Pier ankamen. Chris und Lisa waren nirgendwo zu sehen, die *Enola Gray*, das Whales'-Tales-Boot, dümpelte vertäut, aber menschenleer im Wasser. Kelly warf einen Blick auf die stöckelmordenden Ritzen zwischen den Holzplanken,

bog kurz vor dem Steg noch kurz entschlossen ab und setzte sich unter eine Straßenlampe auf einen Betonpoller, die Kleidschößchen ebenso neckisch um sich drapiert wie ihren Tussi-Tross. Nur Danilo, ein paar andere Jungs und ich tappten auf den Jetty hinaus und hockten uns schneidersitzig auf die Bohlen.
Mir war ganz komisch. Einerseits freute ich mich total, dass es nun endlich in Sachen Wale losging, andererseits lastete die Kelly-Geschichte doch ziemlich auf mir. Und dass ich mich in Tony verschossen hatte, ausgerechnet in Tony, der auch von sämtlichen anderen Mädels angehimmelt wurde, nervte mich beinahe. Ich meine, klar fühlte sich das Bauchkribbeln aufregend an, aber irgendwie war mir das fast ... lästig, es lenkte mich ab von dem, was ich eigentlich hier wollte.
Danilo stieß mir grinsend den Ellbogen in die Seite. „What about a **natural** spectacle **on shore** before we start our maritime adventure? Watch that Dove Story over there!" Er zeigte zur Kelly-Bande rüber.
Erst kapierte ich gar nicht, was er meinte, doch dann dämmerte es mir langsam. Kleine, helle Flocken rieselten auf Kellys Blondhaupt herunter. Am Anfang strich sie die Dinger nur lässig weg, aber irgendwann sah sie dann doch nach oben – und sprang kreischend auf!
„Iiiiih, **what the hell** ...?", fluchte sie ganz und gar undamenhaft.
„Looks like she's **picked** the wrong **streetlamp**", griente Danilo.

natural Natur-
on shore an Land
What the hell ...? Was zum Teufel ...?
to pick auswählen
streetlamp Straßenlaterne

Auf der Laterne hockte nämlich ein Falke, der sich gerade eine erlegte Taube schmecken ließ. Immer wieder hackte er auf seine Beute ein, rupfte und zupfte und ließ dabei weiße Federwolken nach unten schweben.

„That **filthy** bird is **making a mess of** my new dress!“, winselte Kelly.

„Surprise, surprise! I didn't think she was **capable of making up rhymes**. Well, at least she'll be able to **strut about** in **borrowed feathers** now.“ Ich kicherte.

„Borrowed? Hm, I **doubt** that bird will ever **demand** them back“, witzelte Danilo mit.

Kelly hüpfte wimmernd von einem Bein aufs andere und versuchte, sich die Federpracht vom Kleid zu klopfen. Ihre Gefolgschaft war sichtlich hin- und hergerissen zwischen dem Bedürfnis, sich selber zu säubern, und dem Pflichtgefühl, Kelly zur Seite zu stehen. Halbherzig wischte Geena der Kleid-Kreischerin eine verirrte Daune von der Oberlippe – und bescherte Kelly damit einen hübschen roten Lippenstift-Striemen über die Wange.

„What do you think you're doing?“, krakeelte Kelly dann auch prompt. „You're ruining my make-up, you silly cow!“

Die Gescholtene zog beleidigt die Hand zurück. „**Calm down**; it's only a few feathers, after all.“

filthy dreckig
to make a mess of sth eine Schweinerei machen
to be capable of doing sth in der Lage sein, etwas zu tun
to make up rhymes reimen
to strut about herumstolzieren
borrowed feathers *hier:* fremde Federn
to doubt (be)zweifeln
to demand verlangen
Calm down. Beruhige dich.

„Only a few feathers?“ Kellys Stimme überschlug sich beinahe. „Only a few feathers? You were there when I bought this dress, you know what it cost. I won't allow some stupid **crow** to ...“

„It's not a crow, it's a **hawk**“, rief Danilo dazwischen. „And there's not much to worry about – the worst you'll find in wild birds' feathers is a few million **mites**, or maybe some **ticks**. And about the little red **spots** on your dress – my grandmother always said that there's nothing better for **removing bloodstains** than cold water with a **pinch** of salt. So come on, there's **plenty** of cold salty water right here – help yourself.“

crow Krähe
hawk Falke
mite Milbe
tick Zecke
spot Punkt; Fleck
to remove entfernen
bloodstain Blutfleck
pinch *hier:* Prise
plenty reichlich; eine Menge

Kelly starrte fassungslos auf ihr Kleid, dann stürzte sie mit einem Aufschrei davon – unglücklicherweise direkt Richtung Steg. Unglücklicherweise deswegen, weil sie nun prompt mit einem Absatz zwischen den Planken stecken blieb und mit einem zweiten Aufschrei zu Boden ging. Was ihr neben einem abgebrochenen Stöckel zwei ziemlich schmutzige Knie einbrachte.

„What the hell is going on here?“, dröhnte plötzlich eine brummige Bassstimme hinter uns.

Ein bärbeißiger älterer Mann – Typ Bart-&-Pfeife-Seebär wie aus dem Bilderbuch – war auf dem Deck des Whales-Tales-Bootes aufgetaucht und funkelte uns wütend an. Kellys Anblick schien ihm ganz besonders wenig zu gefallen, aber als er ihren abgebrochenen Absatz sah, meinte ich, ein flüchtiges Schmunzeln um seine Mundwinkel huschen zu sehen.

„Silly **geese**", raunte er griesgrämig in seinen Rauschebart. „Frightening my poor seals with your stupid **shrieking**."

In der Tat guckten die fünf Seehunde, die mir jetzt erst im Hafenbecken auffielen (Aaah! Schön! Endlich Wildlife!), ziemlich verdutzt zu uns her.

„Aren't they pretty?", flüsterte Danilo mir zu. „Just look at their great big beautiful eyes and that shiny fur. I definitely prefer those plump mermaids to the **Scrawny**-Belly-Kellys."

Weitere Standpauken blieben Kelly und den anderen Weibis dadurch erspart, dass nun Chris und Lisa auf der Bildfläche auftauchten.

„Oh, I see you've already met our most **experienced** and **valuable** colleague", sagte Chris. „Captain McFlye is absolutely **essential** to our work and our organization. We'd be completely lost without him."

„And I don't want to hear any jokes about my name, understand?", brummte der alte Mann aus dem Hintergrund. „I've already heard them all – McFish, McFlyingfish, McFlipper, **whatever** – so you can't add anything new to the list. Just call me Captain or Captain McFlye or you'll **go fly-fishing** before you can say 'sorry sir' – with *you* as the live **bait**, hear me?"

Chris lachte. „This was your first and most important lesson for today, folks. Captain McFlye is a **grumpy** old **so-and-so** but he has a heart of gold, believe me.

goose (*pl.* geese) Gans
shrieking Geschrei
scrawny dürr
experienced erfahren
valuable wertvoll
essential unverzichtbar
whatever was auch immer
to go fly-fishing zum Fliegenfischen gehen
bait Köder
grumpy mürrisch
so-and-so *etwa:* Hund

And he knows more about the sea in general and whales in particular than you can ever imagine. So you'd better do what he tells you."

Er machte es sich auf dem Steg bequem. „Okay, guys 'n' girls. Here we go. Let me start by explaining **what** Whales' Tales **is all about**. The basis of our work is a **principle** we call ORE, which stands for **Observe** – Rescue – Educate. We observe all the whales we see in the waters around Cape Cod, **register** the **individual** animals – we already have lots of them in our **constantly expanding** catalogue – and take pictures of them whenever possible. Then we transfer all the **data including** the exact **location** and time of **sighting** into the **worldwide** network of whale-watching organizations which we're part of. This way we're able to **plot** the routes the whales take **throughout** the year."

Das klang alles schon mal total aufregend. Aber es sollte noch besser kommen.

„The rescue aspect is the most exciting but also the most dangerous part of our work", übernahm Lisa das Wort. „Everybody here watches out for whales in trouble – and for **turtles** or other animals which sometimes get themselves in trouble as well. Pieces of **abandoned** fishing nets are a serious **threat** to wha-

what it's all about worum es geht
principle Prinzip
to observe observieren, beobachten
to register registrieren
individual einzeln
constantly ständig
to expand sich erweitern
data Daten
including einschließlich
location Stelle
sighting Sichtung
worldwide weltweit
to plot aufzeichnen
throughout (hin)durch
turtle Schildkröte
abandoned zurückgelassen
threat Bedrohung

lung Lunge
to surface an die Oberfläche kommen
in order to um zu
to breathe atmen
entangled verwickelt, verstrickt
forced gezwungen
to weaken schwächen
to depend on abhängig sein von
to damage beschädigen
fin Finne, Flosse
unable unfähig
starvation Hungertod
permanently permanent, ständig
coastal Küsten-
entanglement Verwicklung
tool Werkzeug; Gerät
disentanglement attempt Befreiungsversuch
to dare wagen
unlikely unwahrscheinlich
creature Geschöpf
slight gering
stroke Schlag
fluke Schwanzflosse
on board an Bord

les. As you all know, whales have **lungs** and they have to **surface** from time to time **in order to breathe**. When they get **entangled** in the nets, they might be **forced** to stay under water for too long, which **weakens** them and can even kill them. **Depending on** the position, the nets can also **damage** one of their **fins** or make the whales **unable** to feed so they die of **starvation**. We are **permanently** connected to the Provincetown Center for **Coastal** Studies which has to be informed about any case of **entanglement**. It has all the **tools** and skills needed for **disentanglement attempts**."

„Don't you ever **dare** to try something on your own, hear me?", schaltete sich Captain McFlye ein. „If you see an entangled whale – which is most **unlikely**, because it only happens two or three times a year in this area – report it to me or the other crew members right away. And if you only remember one rule, remember this one: don't ever jump into the water! Whales are wild **creatures**; always keep that in mind. Even weakened whales can kill you with the **slightest stroke** of their **fluke**. So whatever happens – stay **on board**, hear me!"

Ich sah in die Runde – alle, inklusive Kelly, waren von Captain Nussknacker mit dem weichen Kern so eingeschüchtert, dass sie nur stumm nickten. Der Mann wurde mir immer sympathischer und ich beschloss, so viel wie möglich von ihm zu lernen.

„Now to the E-aspect of our work – educate", nahm Chris den Faden wieder auf. „Our boat trips are not only for whale **observation** purposes but also to show tourists what great creatures live in our oceans. This follows the **guideline** that man will only protect what he knows. The more people learn about whales, the bigger the chance they will help us protect them in the future."

„And now to your part in the whole thing", übernahm Lisa das Wort. „First of all: you are here to learn from the ocean. To learn to **respect** the ocean and its **inhabitants**. You are expected to help us and the boat crew in several areas. There's a lot of work to do, from selling tickets for the boat trips and **handing out** buttons for any **donation** we **receive**, to spotting whales and helping us enter the data into the catalogue and the **Web**. If you have any special **interest** or skills which can be helpful, for example photography, please let us know."

„But let me add something very important", sprang Chris ein. „The work on the boat, with direct contact to any whales we might see, is only a small part of our work here. Only a few of you will be working on the boat each day; the rest will have to stay in the camp

observation Beobachtungs-
guideline Richtlinie
to respect respektieren
inhabitant Bewohner(in)
to hand out verteilen
donation Spende
to receive erhalten
Web Netz; Internet
interest Interesse

and make themselves useful by keeping the **campsite** clean. We'll all **take turns** doing the different **tasks**."
Kellys dritter Aufschrei für heute. „You must be joking! You can't really expect us to clean the camp toilets or stuff like that! I'm here to **dive** into the ocean with those big fish of yours, not to **dip** my hands in a water bucket and clean the dishes!"
Lisa räusperte sich ungehalten. „First: those *big fish of ours* aren't fish at all – whales are **mammals**. You should know that. And second: yes, we do expect you to do chores, just like all the other camp **participants**. Chris and I will **assign** everybody work each day, either on the boat or in camp, and we'll **announce** our plans every morning. I'm sorry, but there will be no **exceptions**."
„And like I told you before", versuchte Chris die aufgebrachte Kelly etwas zu besänftigen, „you've been spared the camp chores today. And hey, just think about the welcome party tonight! I don't know about you, but I'm really looking forward to that."

So, und jetzt ist es auch schon so weit. Die viel gepriesene Party geht gleich los. Die ausgedehnten Präparationsarbeiten, die Kelly und ihresgleichen an ihren Fassaden und ihren Alabasterkörpern vorgenommen haben, erspare ich meinem Tagebuch lieber. Außerdem muss ich los. Übrigens soll auch getanzt werden! Partybericht fohooolgt ...

campsite Lagerplatz
to take turns sich abwechseln
task Aufgabe
to dive tauchen
to dip eintauchen
mammal Säugetier
participant Teilnehmer(in)
to assign zuteilen
to announce bekannt geben
exception Ausnahme

Samstag, 23. JULI, 10 Uhr 21

Wetter: außen Julistrahlsonne, innen Novembertrübnis.
Fauna-Sichtungen: 0
Sozialstatus: Kelly & Co = funkelnder Sternenschwarm, ich = schwarzes Loch, Lichtjahre vom Star Dreck entfernt.
TdT: Cool & Fool Runnings. Untertitel: Wie man sich im Bauchumdrehen zum Affen macht.

Buhuhu, ich hatte es mir sooo schön vorgestellt! Fetzige Musik und tolle Stimmung an einem milden, süß duftenden Sommerabend, über uns Sternengefunkel, Tony wiegt seinen exotischen Körper zu heißen Rhythmen, ich tanze unauffällig (und natürlich supersinnlich) auf ihn zu, bis er nur noch Augen für mich hat. In einer kleinen Tanzpause gönnen wir uns einen kühlen Drink und mein Midnight Wowboy lotst mich von den anderen weg, in die traute Zweisamkeit. Nur die lauschigen Bäume sind Zeuge, als er mir zuraunt: „You're the one I've always been waiting for", und dann legt er mir eine Hand um die Taille und die andere unters Kinn und ...
Tja, willkommen zurück in der Wirklichkeit. Plumps – der Boden der Tatsachen hat mich wieder.
Nein, ich kann jetzt unmöglich weiterschreiben, sonst schluchze ich gleich wieder los. Und die Genugtuung, mich mit verheulten Augen zu sehen, gönne ich Kelly echt

nicht. Am besten stapf ich gleich in die Stadt und schau mal, ob Estella zufällig an ihrem Computer sitzt – ich brauch unbedingt jemanden zum Ausweinen, wenn auch nur per Chat. Meine Pflichten im Camp hab ich längst erledigt und hier wird mich sowieso keiner vermissen.

10 Uhr 52, IM INTERNETCAFÉ

Wie schön, Estella ist tatsächlich an den Tasten!

> **how come** wie kommt es, dass
> **to consist of** bestehen aus
> **to set one's heart on sth** sein Herz an etwas hängen
> **clone** Klon
> **hell** Hölle

Estella: Hi, Jessie, nice surprise! But **how come** you're online? Shouldn't you be watching whales right now?

Ich: Hi, Estella, I'm so glad you're there! Well, camp activities at the moment **consist of** washing up dirty dishes and cleaning the showers. But I hope we'll get to see some whales in the next few days.

Estella: How's the camp? Any nice girls & cute guys?

Ich: Nice girls: negative. Cute guys: positive. The one I've **set my heart on** is called Tony. He's so awesome! He comes from London and he's got the most beautiful black eyes I've ever seen. But I guess it's all over before it's even started. ☹

Estella: Uh-oh. Does that have anything to do with the not-so-nice girls?

Ich: Exactly. Kelly and her **clone** … erm … close friends are making my life absolute **hell**. We had a welcome party yesterday evening, and I was so looking forward to it. You know – warm summer night, romantic music, cool cocktails, dancing and stuff ...

ESTELLA: I guess it was all totally different?

ICH: Couldn't have been more different. I didn't mind the lack of cool cocktails – they only had **soda water** and Coke – as I don't drink any alcohol anyway. The weather was perfect, our team leaders had brought a ghetto blaster, we had hot sausages and fresh bread rolls and a **campfire**. Okay, I thought – I'll just **switch** from „hot disco" to „**romance of the great outdoors**". But it **turned out** to be as romantic as being **locked up** in a **cold storage room** for the night, completely alone and trying not to **freeze to death**.

ESTELLA: No guitars? No flashing eyes under **sparkling** stars?

ICH: **Nope**. Only black **smoke** that of course **drifted** in my **direction** all the time and made me **choke**. Tony sat as far away from me as possible and his crowd of female **admirers flocked** around him. And then we had to introduce ourselves, although we already knew where we came from and everything. Silly ritual, but they **insisted** on doing it.

ESTELLA: Okay, but it doesn't sound *that* bad up to now. There's more, right? Otherwise you wouldn't be that upset.

soda water Mineralwasser

campfire Lagerfeuer

to switch (um)schalten

romance of the great outdoors Lagerfeuerromantik

to turn out (to be) sich entwickeln; sich herausstellen als

locked up eingeschlossen, eingesperrt

cold storage room Kühlhaus

to freeze (froze, frozen) to death erfrieren

sparkling funkelnd

Nope. Nee.

smoke Rauch

to drift wehen, treiben

direction Richtung

to choke würgen

admirer Bewunderer, Bewunderin

to flock in Scharen kommen

to insist (on) bestehen (auf)

to giggle kichern
no wonder kein Wunder
species Spezies, Tierart
threatened with extinction vom Aussterben bedroht
endangered gefährdet
lol (laughing out loud) laut loslachend
to persuade überreden
attentively aufmerksam
to depend on darauf ankommen
point of view Standpunkt
to sway sich wiegen

ICH: Right. When I told them my name and age and that I've always dreamt of becoming a marine biologist and working with whales, Kelly and the other girls kept **giggling**, and I thought I heard something like: „**No wonder** she smells like dead fish – she wants to work with a **species** that's **threatened with extinction**."

ESTELLA: Well, at least this Smelly Kelly knows whales are an **endangered** species. ***lol***

ICH: Yeah, but even the camp leader couldn't **persuade** her that whales are mammals, not fish. She's so stupid!

ESTELLA: Sounds like it. And that's why you shouldn't let her get you down.

ICH: That's more easily said than done. Especially after what happened next.

ESTELLA: Oh, you mean there's more? *listens **attentively***

ICH: Yes, the best part is still to come. Or the worst. **Depends on** your **point of view**. After we had survived the campfire episode, the team leaders turned on the music and announced: „Let's dance!"

ESTELLA: But that sounds good – or didn't you like the music?

ICH: No, I didn't like the music – it was all hip-hop and trance. There wasn't even one slow song! No chance of getting anywhere near Tony – and as for my dream of lying in his arms and **swaying** to a romantic love song … ☹

ESTELLA: Poor Jessie! ***hug***

ICH: Thanks, you're so sweet. You know, I've always been the **optimistic** kind, so I thought, okay, let's make the best of it. So I started to dance – as **seductively** as possible. I'm afraid I must have looked more like a grasshopper having an **epileptic fit**.

ESTELLA: ***rofl*** I'm sure you didn't look like that at all. But thanks for **making me laugh**.

ICH: Well, I made a lot of people laugh yesterday – especially when I showed them my **nipples**.

ESTELLA: You did *what?*

ICH: Not **on purpose**, of course. I was wearing my sexiest black top, the one with the spaghetti **straps**, you know. And suddenly, when I made a particularly **daring move**, one strap **ripped** and my right **breast popped out** – not that I have gigantic breasts, but ... well, you know what I mean.

ESTELLA: I don't believe it! And what happened then?

ICH: For a second I just **froze**. Everybody stopped dancing; they were all just **staring** at me. And then Kelly started to laugh and everybody else **joined in**. I thought: this is it. I'll take the next flight home. I can't stay here any more, I can't stand the **shame**.

ESTELLA: Did Tony see your ...?

hug Umarmung
optimistic optimistisch
seductively verführerisch
epileptic fit epileptischer Anfall
rofl (rolling on the floor laughing) sich lachend auf dem Boden wälzend
to make sb laugh jdn zum Lachen bringen
nipple Brustwarze
on purpose absichtlich
strap Träger
daring gewagt
move Bewegung
to rip (zer)reißen
breast Brust
to pop out herausspringen
to freeze (froze, frozen) *hier:* erstarren
to stare at sb jdn anstarren
to join in mitmachen
shame Schande

ICH: Of course. He looked something between **embarrassed** and **fascinated** but I can't really tell because I was so **beside myself** with **embarrassment**.

ESTELLA: Well, at least now you can be sure he noticed you – and will never forget your **unique performance**. ☺

ICH: Yeah, sure. But seriously – I really don't know how to deal with this. Kelly and her Mad Mix haven't stopped laughing since yesterday and they're calling me „**tit-and-ass press** Jess" all the time.

ESTELLA: Oh come on! And there really is NOT A **SINGLE** NICE PERSON in the whole camp?

ICH: Well, yes, there's Danilo, a boy from Rome.

ESTELLA: Wow, a Pretty Roman! ☺

ICH: I wouldn't call him that – he's at least a head shorter than me. *giggle* But he is really nice, and funny. He's the only one I can talk to at all. Without him I'd be even more **isolated**.

ESTELLA: Okay, back to your **accidental** striptease. So they've seen your **naked** breast – **so what?** They'll laugh even more if you **run away** now. That would mean Kelly and her silly bunch had won – and you wouldn't let that happen, would you? Remember what you're there for – don't let them ruin your dream.

ICH: That's what Danilo said, too. But I haven't told you the **punchline** yet.

embarrassed verlegen
fascinated fasziniert
beside myself außer mir
embarrassment Verlegenheit
unique einzigartig
performance Aufführung
tit-and-ass press Klatschpresse (*wörtl.:* Titten-und-Arsch-Presse)
single einzig
isolated isoliert
accidental versehentlich
naked nackt
So what? Na und?
to run away weglaufen
punchline Pointe

ESTELLA: You mean there's another **twist** to the story? Wow, you really had an extraordinary night.

ICH: When I **recovered** from the shock I ran to the girls' tent and put on something else right away. I didn't go back to the party, **though**; I just stayed in the tent and cried my eyes out. But after a while I had no tears left, and I thought I'd better take a **closer** look at my ruined top – to see **whether** I could mend it or would have to **throw it away**. And – surprise surprise! Guess what I found – there was a clean **cut** in the spaghetti strap. It wasn't cut completely through but it must have been **tampered with** so it would rip when I danced!

ESTELLA: You mean it was an **act of sabotage**?

ICH: Sort of. Of course, I **suspect** Kelly, but I'll never be able to **prove** it – all the girls have **access** to everything in the tent. I don't **keep watch on** my things all the time. And before the party some girls had asked me what I was going to wear in the evening – a **seemingly innocent** question, but **afterwards** I understood why they were talking to me **in the first place** ...

ESTELLA: Oh my ... All I can say is that this Kelly **bitch** sounds like a really **pathetic** person. What's she doing in this camp anyway? She's not interested in whales,

twist überraschende Wendung; Drehung
to recover sich erholen
though aber
closer näher
whether ob
to throw away wegwerfen
cut Schnitt
to tamper with sth sich an etwas zu schaffen machen
act of sabotage Sabotageakt
to suspect verdächtigen
to prove beweisen
access Zugang
to keep watch on sth etwas bewachen
seemingly scheinbar
innocent unschuldig
in the first place überhaupt
bitch Miststück
pathetic erbärmlich

to share teilen
Chin up! Kopf hoch!
CU! (See you!) Bis bald!

she's not the type of person who likes back-to-nature camps ...

Ich: I've been wondering about that myself – I really don't know. Oh ... Estella, sorry sorry – my computer time is running out and I don't have any more money here ... Oh, I'm such a bad friend! I didn't even ask what's going on in your life at the moment. I've been babbling and babbling about my own problems ...

Estella: Don't worry, it's okay. I'm doing fine. You needed someone to talk to and I'm glad you **shared** your story with me. I couldn't help much, anyway.

Ich: Oh, but you did! Thank you so much for listening. I'll try to go online sometime in the next few days. Take care! *hug*

Estella: You too! **Chin up**, you'll show them!

Ich: I already have – my nipples, remember? I won't do that again. *lol*

Estella: *ROFL* **CU!**

Montag,
25. JULI,
16 Uhr 34

Wetter: ausnahmsweise pieselig-nieselig, aber 23 °C.
*Fauna-Sichtungen: nichts Größeres als Strandkrabben. *seufz**
Sozialstatus: welcher Sozialstatus?
TdT: The Tent **Commandments**. Subtitle: Rules for Camping (and Surviving the **Boredom**).

Wenn es in meiner derzeitigen Walheimat (haha) noch spannender zuginge, wär's kaum auszuhalten. Scherzilein. Hier ist komplett tote Hose – oder tote Dose, wenn man unseren täglichen Konservenfraß so betrachtet. Apropos: Mangels anderer Thrills haben wir ein Lieblingsspiel entwickelt – ich nenne es „Der Name der Dose". Einer macht die Etiketten von ein paar Büchsen ab und der jeweils fürs Essenmachen Zuständige sucht sich dann blind was aus – hach, gibt das herrlich unkonventionelle Menü-Zusammenstellungen. Tunfisch mit Aprikosenspalten, Cornedbeef mit dicken Bohnen und Mandarinenkompott ... liiick! Aber manchmal kriegen wir auch frischen Fisch, Obst oder Meeresfrüchte geliefert – offenbar haben die Camp-Veranstalter gute Verträge mit ein paar einheimischen Fischern und Geschäften abgeschlossen. Meine vegetarischen Ambitionen kann ich

commandment
Gebot
boredom
Langeweile

hier allerdings vergessen – bin zwangsläufig zum Nur-noch-Möchtegern-Veggie mutiert.
Seit zwei Tagen habe ich nichts anderes zu tun, als das Camp in Ordnung zu halten. Na ja, stimmt nicht ganz. Chris und Lisa lassen sich immer mal wieder was einfallen, um die Lager-Insassen, die nicht aufs Boot dürfen, bei der Stange zu halten. Gestern haben wir zum Beispiel einen Ausflug in die naturwissenschaftliche Abteilung der Bibliothek von Provincetown gemacht, was höchst spannend war. Danilo und ich sind noch ein paar Stunden länger dageblieben als die anderen und haben unsere Kenntnisse über Wale und Walverwandtschaften vertieft. Ansonsten mache ich lange Spaziergänge durch die Umgebung, lese oder gehe in die Stadt, setze mich ans Ufer und gucke einfach aufs Meer hinaus.
Insgesamt hab ich kein Problem mit dem Nichtstun. Ich meine, hey, ich bin ohne *family* in Amerika, am Meer, die Wale in Reichweite, das ist doch Abenteuer pur. Auch wenn's noch nicht richtig losgegangen ist mit dem Abenteuer. Ich kann auch gut mit mir allein sein.
Aber diese paradoxe Situation – mit den ganzen Mädchen auf engstem Raum im Zelt hausen zu müssen und trotzdem sozial total isoliert zu sein – das geht mir schon ziemlich an die Nieren. Zumal ich seit meinem Busen-blankzieh-Auftritt noch mehr zu Kellys Lieblings-Zielscheibe geworden bin. Im besten Fall ignoriert sie mich ein paar Stunden (wenn sie vom Kloputzen und anderweitigen Zetern zu erschöpft ist, um mich zu piesacken), im schlimmsten Fall ist jeder Gang

zur Küche und jede Minute im Zelt für mich der reinste Spießrutenlauf. Überall schallt mir gehässiges Gelächter entgegen, überall werden fiese Sprüche gezischelt. Ich hab's aufgegeben, darauf einzugehen – gegen die Meckermeute komme ich allein sowieso nicht an. Also lautet meine Devise: zum linken Ohr rein, zum rechten wieder raus. Oder zumindest versuche ich, das so zu handhaben. Denn natürlich bleibt zwischen den Ohren doch immer mal wieder was Verletzendes hängen. Und zwickt und zwackt und puckert. Aber ich versuche mir auf jeden Fall nichts anmerken zu lassen und hoffe auf bessere Zeiten, wenn ich endlich aufs Meer und zu den Walen darf.
Übrigens sind Kelly und zwei ihrer schlimmsten Gefolgsweiber heute zum Bootsdienst eingeteilt – hihi, den Nieselregen gönne ich ihnen. Danilo hat gesagt, bei dem Wetter dürfte die Sicht auf dem Meer gleich null sein, und so viel Wasser von oben und unten und die vielen Stunden in fischiger Atmosphäre dürften den Hänsel-&-Grätchen-Tussis definitiv den Tag versauen. Vielleicht kriegt Kelly aber doch ein paar andere eindrucksvolle Meeresbewohner zu sehen – das Hai-Light wäre ihr ja echt zu wünschen, kicher ...
Komischerweise sind die anderen Mädchen netter zu mir, wenn Kelly nicht da ist. Geena zum Beispiel, die mit ihrem Rotschopf über den grünen Augen genauso aussieht, wie ich mir eine Irin immer vorgestellt habe. Die hat mir heute beim gemeinsamen Tellerschrubben sogar zugelächelt – aber nicht ohne sich vorher unsicher umgesehen zu haben. Was soll das? Hat Kelly die Mädels so unter ihrer Fiesfuchtel, dass die sich alle

nicht trauen, freundlich zu mir zu sein? Wie schafft sie es, dass alle so eine Angst vor ihr haben? Dieser Gruppenzwang ist doch echt pervers.
Ohne Danilo wäre es hier noch viel schlimmer. Obwohl es da auch immer häufiger „Stänkerdirn gegen Denkerstirn" heißt – Kelly, das blonde Schandmaul, lästert ja über alles und jeden, in dem Fall mit Vorliebe über die paar Pickel auf Danilos Stirn. Schon bewundernswert, wie cool er das an sich abprallen lässt – zumindest nach außen hin.
Die anderen Jungs beachten mich kaum, nur ab und zu werde ich schlüpfrig-debil angegrient und auf Busenhöhe angestarrt. Tony hat mir seit der Welcome-Party überraschenderweise sogar schon dreimal einen Blick gegönnt, allerdings in die Augen. Ich hab mich erst nicht getraut zurückzuschauen, weil ich Angst hatte, auf seinem Gesicht auch dieses zweideutige Grinsen zu entdecken, von wegen „Harhar, das war ja ein schaahaarfer Auftritt von dir neulich ..." Aber nein, er hat gar nicht gegrinst, nur interessiert geguckt, mit diesen Wahnsinnsaugen, fast ein bisschen verwundert, als wäre ihm jetzt erst aufgefallen, dass es mich gibt. Ob ich doch noch hoffen darf? Hach ...
Den anderen Mädchen (deren Haare länger und blonder sind) stiert er aber noch viel interessierter entgegen und hinterher. Grmpf.

Donnerstag,
28. JULI,
16 Uhr 59

Wetter: Sonne! Wonne! Kelly ab in die Tonne!
Fauna-Sichtungen: ein Finnwal, drei Buckelwale, dazu zwei Delfinschulen mit insgesamt neun Tieren, etliche Seevögel und fliegende Fische.
Sozialstatus: Was juckt mich der? Ich hab Waaaale gesehen!
TdT: Darf's ein bisschen Meer sein?

Juchuuu! Gestern war's endlich so weit – ich durfte mit aufs Boot! Außer mir waren noch zwei Jungs – Pete aus Südafrika und Jason aus Australien – und Betty mit dabei. Pete bekam eine Kamera um den Hals gehängt – er hatte als Hobby Fotografieren gemeldet und sollte jetzt jeden Wal knipsen (am besten samt Großaufnahme der Schwanzflosse, zur besseren Identifizierung), der ihm vor die Linse kam.
Wir anderen hatten erst mal die Tickets der Touristen zu kontrollieren, bevor die aufs Boot durften. Außerdem sollten wir unauffällig gucken, ob die Leute auch keine unerlaubten Gegenstände dabeihatten, zum Beispiel Bier-Sixpacks oder anderen Alk – es soll schon vorgekommen sein, dass sich irgendwelche Idioten unterwegs betrunken und dann die Wale mit Bierdosen beschmissen haben, ist das zu fassen? Aber normalerweise gehen nur vernünftige Leute an Bord, die sich

von der einmaligen Begegnung mit den Tieren faszinieren lassen wollen. Und alle, die an mir vorbeidefiliert sind, wirkten einfach nur total gespannt und freuten sich sichtlich.

Auf Captain McFlyes Schiff passen über vierzig Passagiere und die meisten Whale-Watching-Touren sind bis auf den letzten Platz ausverkauft, zumindest bei gutem Wetter. Kein Wunder, Whales' Tales ist der einzige Veranstalter, bei dem das Walegucken auch einen wissenschaftlichen Hintergrund hat und echte Biologen mit an Bord sind. In diesem Fall hieß die Biologin vom Dienst Tabea Forrester, und wie sich zeigte, hatte die Frau echt was drauf.

„Good morning, ladies and gentlemen, welcome **aboard** the *Enola Gray,* our whale observation boat", begann sie, kaum dass wir abgelegt hatten. „My name is Tabea Forrester, I'm a marine biologist and I'd like to introduce you to our nearest relatives in the ocean – the whales. But before we set off to watch this **fascinating** and endangered species, Captain McFlye, our skipper, asks you to **note** some **security regulations** on board this ship. Please, never **lean over** the **railing**. If the skipper has to turn the boat or **accelerate** to avoid hitting a whale the sudden **jerk** could throw you **overboard**. Always keep an eye on your children. If you see someone fall into the water, please inform the crew immediately. Never jump into the water **yourself** to **save** any-

aboard an Bord
fascinating faszinierend
to note beachten
security regulation Sicherheitsvorschrift
to lean over sich vorbeugen (über)
railing Reling
to accelerate beschleunigen
jerk Ruck
overboard über Bord
yourself selbst; sich
to save retten

one who has fallen overboard. Thank you for your attention."

Der Captain stand dabei die ganze Zeit am Steuer und nickte mit finsterer Miene.

„Now that we've left Provincetown harbor", fuhr Tabea fort, „we're **heading for** Stellwagen Bank, the area where you'll find most of the whales in New England. Between June and October all whales except the **Northern right whale** can be seen in this area – that means **humpback**, **minke** and fin whales, and several sorts of smaller ones like **dolphins** and **porpoises.** Of course, we can't **guarantee** that you will see any whales today, but in the very unlikely **event** that we don't **encounter** any, you'll get your money back after the trip. All whale-watching boats are in radio contact with each other and **exchange** information about sightings. If you happen to **sight** a whale before we do, please tell us right away. Think of this ship as a giant watch with twelve o'clock as the direction we're going in – so nine o'clock is on the left side of the boat, six is the **stern** and three o'clock **straight** to your right."

Sie stellte sich samt Mikro an eine Schautafel und begann mit den Ausführungen über Wale im Allgemeinen und im Besonderen. Ich fand es super, zu sehen, dass die Leute – und sogar die Kinder, die ganz besonders – total an ihren Lippen hingen und teilwei-

to head for Kurs halten auf
Northern right whale Atlantischer Nordkaper
humpback Buckelwal
minke whale Minkwal
dolphin Delfin
porpoise Tümmler
to guarantee garantieren
event *hier:* Fall
to encounter begegnen
exchange tauschen
to sight sichten
stern Heck
straight *hier:* direkt

se jetzt schon den Blick übers Wasser schweifen ließen, obwohl wir frühestens in einer Stunde die Gewässer erreichen würden, in denen Wale gesichtet wurden. Sogar Betty und die beiden Jungs wirkten ganz aufgeregt.

„Whales are the largest mammals, the largest **vertebrates** – and simply the largest animals in the world. Like all mammals, whales breathe air into their lungs, are warm-blooded, **breast-feed** their young, and they even have some hair! They can be divided into two groups – **baleen whales** and **toothed whales**. Baleen whales such as the minke whale are generally **solitary** animals. They use their **baleen plates** to filter plankton and small fish from the water. Another baleen whale, the Northern right whale, is the most endangered of all the world's big whales. It was once found around Cape Cod in huge numbers, but there are fewer than 350 North Atlantic right whales in the world today. Right whales are about 45 to 50 feet long and can be **identified** by the **patterns** on their heads and lips, which are actually **bumps covered** with **tiny** whale ‚**lice**'."

vertebrate Wirbeltier
to breast-feed stillen
baleen whales Bartenwale
toothed whales Zahnwale
solitary einzelgängerisch
baleen plate Hornplatten (im Oberkiefer der Bartenwale)
to identify identifizieren
pattern Muster
bump Beule
covered bedeckt
tiny winzig
louse (*pl.* lice) Laus

Dann erklärte sie den Leuten anhand von Schaubildern und der Fotosammlung, wie Whales' Tales arbeitete und den vom Aussterben bedrohten Walen zu helfen versuchte. Und kaum hatte sie darauf hingewiesen, dass die Organisation jederzeit gern Spenden annahm

und man dafür einen hübschen Ansteckbutton mit der Aufschrift *I belong to the Whale Rescue Team* bekam, ertönte plötzlich der Ruf des Captains: „Dolphins at two o'clock! Five animals!"
Sofort stürzten die ganzen Touristen nach rechts vorn, um die Tiere mit lauten „Aaaaaah!"-Begeisterungsrufen zu begrüßen. Die Delfine waren aber auch schön! Wie die in der Bugwelle durchs Wasser glitten, ach ... Ich wäre vor Freude, dass ich endlich, endlich, endlich meine ersten Meeressäuger zu Gesicht bekam, am liebsten auf- und abgehüpft, aber das wäre bestimmt ziemlich uncool rübergekommen. Und da Betty ihrer Superbusenfreundin Kelly mit Sicherheit jedes Detail dieser Ausfahrt haarklein erzählen würde, wollte ich mir jeden zusätzlichen blöden Spruch möglichst ersparen.
Bald darauf waren wir auch schon in den Gewässern, wo mit Walsichtungen zu rechnen war. Nachdem in der letzten halben Stunde keine tierischen Sensationen zu verzeichnen gewesen waren – wobei ich persönlich Fliegende Fische und Wasservögel, die das Boot begleiten, wohl wissend, dass sie sich jederzeit auf dem Mast ausruhen können, auch sensationell finde –, hatte Bettys Begeisterung längst nachgelassen und sie gähnte mit Jason im Desinteresse-Duett vor sich hin. Pete hielt dagegen weiter die Kamera gezückt, um bloß keinen potenziellen Wal zu verpassen.
Der Captain stellte den Motor ab. Sacht dümpelte das Boot in der Dünung. Wären die Kinderstimmen und das Gemurmel der Erwachsenen nicht gewesen, hätte man hier draußen, in der Weite des Ozeans, eine herrliche Ruhe genießen können. Angespannt hielt sich der

Captain das Fernglas vor die Augen und spähte übers Wasser.
Und dann war es plötzlich so weit.
„Two humpbacks at four o'clock!", dröhnte Captain McFlyes Brummstimme aus den Lautsprechern.
Der Motor wurde wieder angelassen, langsam steuerte der Skipper das Boot näher an die Wale heran, ganz vorsichtig, um die Tiere nicht zu stören.

Synchron schossen zwei dicke Buckel aus dem Wasser, bogen sich über eine Welle und tauchten Sekunden später, keine zehn Meter vom Boot entfernt, wieder ab, wobei ihre Schwanzflossen aufrecht aufblitzten. Überall um mich herum klickten die Fotoapparate und surrten die Filmkameras, auch Pete knipste wie wild.
Wahnsinn! Die waren aber riesig! Ich kriegte vor Ehrfurcht keinen Ton mehr raus. Wow! Wow! Wow! Ja, dafür war ich hergekommen! Für den Anblick dieser Buckelwale würde ich es selbst mit sieben Gift-Kellys samt ihrer buckligen Verwandtschaft (ha!) aufnehmen.
„Congratulations on your first whale sighting!", sagte Tabea. „These **gorgeous** animals are humpback whales. They spend the spring, summer and fall months in northern waters where they feed on the small fish that swim here in **shoals**. Late in the year they **migrate** to the waters of the West Indies, where they **mate** and **bear** their **calves.** There are about 550 humpback whales in the **Gulf** of Maine, many of which can be found in Cape Cod waters. The humpback **is distin-**

gorgeous prächtig
shoal Schwarm
to migrate wandern
to mate sich paaren
to bear gebären
calf, *pl.* **calves** Kalb
gulf Golf
to be distinguished by sich durch etwas auszeichnen

guished by its long white **flippers** and the fact that it raises its tail high above the water when it dives – as these two just showed you. Oh, here they come again – watch out at six o'clock!"

Wieder glitten die majestätischen Tiere kurz hintereinander aus den Fluten. Ich konnte mich kaum sattsehen, stand nur mit aufgerissenen Augen und vor den Mund geschlagenen Händen an der Reling und sog den Anblick in mich auf. Als ich mich kurz umdrehte, um zu sehen, wie das alles auf die Touristen wirkte, streifte mein Blick den Captain. Zufälligerweise sah er auch gerade zu mir her – und er lächelte!

„Humpbacks, which often reach 40 to 50 feet, are quite easy to **tell apart** by the black and white patterns on their tail flukes", erklärte Tabea weiter. „The names we give to humpback whales are **based on** natural **markings** on their bodies. I'm not absolutely sure, but I guess these two are Big India and White Dove. We **assume** they're sisters or mother and daughter as they're always sighted together."

flipper Flosse
to tell apart auseinander halten
to be based on basieren auf
marking Markierung
to assume annehmen

Nach dem nächsten Tauchgang waren die Buckelwale dann schon ein gutes Stück weit weg und die Bootsbesatzung beschloss, ihnen nicht weiter zu folgen. Es dauerte allerdings keine zehn Minuten, da bekam der Captain von einem anderen Boot gemeldet, dass ein Finnwal in der Nähe sei. Sofort ging er auf Kurs – und kurze Zeit später kamen wir dann in den Genuss der zweiten Walgattung des Tages.

„The fin whale or finback“, erzählte Tabea, „is even bigger that the humpback, reaching **lengths** of 50 to 75 feet. It's also more **streamlined**, which means it moves more quickly. Finbacks are unique in that they're **asymmetrically** colored; the whale's **lower** right **jaw** is white and its lower left jaw is dark grey or black. Finbacks can be individually identified by a combination of several body **characteristics**: **dorsal fin** shapes, scars and – the most important characteristic but also the most difficult to photograph – the **subtle shadings** on the whale's right side called the **blaze**. To be **honest** I don't think I've ever seen this one before – maybe we don't have it in our catalogue yet.“

length Länge
streamlined stromlinienförmig
asymmetrically asymmetrisch
lower untere(r)
jaw Kiefer
characteristic charakteristisches Merkmal
dorsal fin Rückenflosse
subtle fein
shading Schattierung
blaze Blesse
honest ehrlich
fingerprint Fingerabdruck

Das schien Pete ziemlich anzustacheln – seine Kamera klickerte und klackerte nur so, als er versuchte, das Tier aus möglichst vielen Blickwinkeln zu erwischen. Vielleicht würde ja eins seiner Fotos als das erste von diesem Finnwal-Exemplar in den weltweiten Online-Katalog eingehen!

Oh Mist, muss mich kurz fassen, gleich gibt's Abendessen. Bei dem Thema kann man aber auch ins Schwärmen geraten!

Auf jeden Fall haben wir auf der Rückfahrt dann noch eine Delfinschule mit vier Tieren und einen Buckelwal gesehen – und Tabea erklärte den Touris, dass der kreisrunde, spiegelglatte Wasserfleck, den ein Buckelwal beim Abtauchen hinterlässt, „**fingerprint**“ genannt wird.

Ich schwebe immer noch total über den Dingen, seit ich auf dem Meer den Walen so nah war. Der letzte Buckelwal war so dicht am Boot, dass er fast die Bordwand gestreift hätte! Hach, das war echt die beste Entscheidung meines Lebens, hierherzukommen. Mama & Papa, danke, dass ihr es mir ermöglicht habt, dankedankedanke! Ich bin so happy!

Samstag, **30. JULI,** 16 Uhr 13

Wetterlage: blauhimmelig mit ein paar Schäfchenwolken (aber sogar in denen meine ich nur noch Wale zu sehen).
Fauna-Sichtungen: none.
Sozialstatus: ***Who cares?***
TdT: Die Waffeln einer Frau. Untertitel: Warum Kochkenntnisse – ob echt oder vorgegaukelt – auch heute noch die Chancen auf einen Männerfang erhöhen.

Wieder zwei Tage ohne Wale hinter mich gebracht. Aber für morgen bin ich wieder zum Bootsdienst eingeteilt, jippie!
Gestern war Kelly mal wieder auf dem Wasser. Und das Meer hat wieder „Die Strafe der Ölsardinen" gespielt. Kelly war echt am Abkotzen, als sie wieder ins Camp zurückkam – das zweite Mal war sie ausgefahren und das zweite Mal hatte es nur Nieselregen and no Whales gegeben. Muss sagen, dass sich mein schmales Mitgefühl ziemlich hinter meiner dicken Schadenfreude verstecken kann – oh Mann, ich bin ganz schön böse, was?

Who cares? Wen interessiert's?

Heute haben ich und die blonde Schopfkelly gemeinsam die Schöpfkelle geschwungen, wir waren nämlich beide zum mittäglichen Küchendienst verdonnert worden. Wobei ich das nicht so schlimm fand, obwohl ich den größten Teil der Arbeit allein machen musste – Madame hat sich nämlich vornehm zurückgehalten, allerdings nicht ohne mir ein gehässiges „**Inferior, messy** jobs like this **suit** you better than me, anyway" entgegenzuschleudern.

Dabei waren zum Essenmachen heute keinerlei Kochkünste erforderlich – ein paar Bohnendosen in den Pott zu kippen und mit etwas Kräutern und Gewürzen aufzupeppen, kriegt man ja wohl auch hin, wenn man nicht Jamie Oliver heißt, oder? Aber vielleicht hatte Kelly einfach Angst vor dem bösen, bösen Dosenöffner ...

inferior niedrig, nieder
messy schmutzig
to suit passen

Zum Nachtisch gab es dann frische Waffeln mit wahlweise Ahornsirup oder Puderzucker. Aber auch um das Waffeleisen hat Kelly wohlweislich einen großen Bogen gemacht – hätte ja sein können, dass das tückische Gerät plötzlich „schaaa-napp!" macht, und dann wäre am Ende gar eines ihrer so perfekt manikürten Fingernägelchen im Eimer gewesen ...

Dafür hat sie dann beim Essen, als Tony sich mit einem genießerischen „Mmhhhhm!" die dritte Waffel auf den Teller packte und dick mit Ahornsirup beträufelte, die fremden Taubenfedern von neulich wohl wieder entdeckt und für schmückfähig befunden.

„Wow, these are the best waffles I've ever tasted!", lobte Tony nämlich. „Did you make them?" Er schaute Kelly an, die sich natürlich wieder mal auf den Platz ihm gegenüber gesetzt hatte und ihn anhimmelte. Gans Paris träumt von der Liebe, dachte ich, wobei gegen Kellys Mini-IQ selbst Paris Hilton wie Einstein erscheint.

„Well ... yeah, but that's **no big deal**", flötete sie ohne auch nur den Anflug einer Schamesröte. „I can cook much more **sophisticated** things than this. If you like, I'd love to cook for you some day – but definitely in some other place. Somewhere I can **display** all my talents."

Tony schien durchaus nicht abgeneigt. „What a **tempting** offer", sagte er mit einem Grinsen.

Ich! Ich! Ich hab die Waffeln gemacht, hätte ich am liebsten geschrien. Ich will dich bekochen, dich mit kleinen süßen Leckereien aus der Hand füttern, mir eine Traube zwischen die Lippen stecken und sie mir von dir wegküssen lassen ... Aaaaah! Aber das wäre wohl ziemlich blöd rübergekommen, also starrte ich nur stumpfsinnig auf meinen Teller und wünschte mir insgeheim, dass Kelly beim nächsten Bootsausflug nicht nur vom Nieselregen durchnässt, sondern auch noch von einer mächtigen Flutwelle erfasst würde ...

no big deal nichts Besonderes
sophisticated anspruchsvoll
to display zeigen
tempting verführerisch

Zu allem Überfluss hab ich heute auch noch meine Tage gekriegt und entsprechend Bauchweh, aua. Hab mich also nach dem Essen in meinen Schlafsack verzogen (kalt ist der Abendbauch – Mama, wenn du wüsstest, wie ich jetzt deine Wärmflasche vermisse!) und gelesen. Kelly konnte sich einen verächtlichen Kommentar nicht verkneifen (hab mir nicht die Mühe gemacht, genau hinzuhören, kann sie jetzt also nicht zitieren), aber ansonsten wurde ich zum Glück in Ruhe gelassen.

Immer noch Samstag, **30. JULI,** *19 Uhr 26*

Wetterlage: s. letzten Eintrag. Einsetzende Dämmerung.
(Verpasste) Fauna-Sichtungen: ein Super-Supperman.
Sozialstatus: Just call me Krieg-nix-mit-hier.
TdT: Watch me if you can. Subtitle: Never close your eyes for more than a second – you could miss the best things life has to offer.

Menschen, Tiere, Sensationen! Na ja, Tiere weniger, aber es kann ja nicht täglich Wale hageln.
Kelly und Geena behaupten, sie hätten Tony nackt gesehen! Und zwar in der Dusche. Wieso duscht der überhaupt um diese Uhrzeit, nach dem Abendessen? Sie sind unter wüstem Gekicher und Getuschel ins Zelt gestürmt, haben die restlichen Mädels um sich geschart und die Waaaahnsinnsnachricht hinausposaunt.
Kelly (mit hochroten Wangen): „Well, girls, let me tell you something – this guy has the sexiest six-pack I've ever seen."
Geena (noch hochröter): „And then the way the water **droplets trickled** down his warm body ..."
Betty (grün vor Neid): „Oh come on ... You make it sound like a **kitschy romance movie**."
Deborah (blau- und schmallippig): „Don't tell me you also saw his ...?"

droplet Tröpfchen
to trickle rieseln
kitschy kitschig
romance movie Liebesfilm

unfortunately leider
strip schmales Stück
corrugated iron Wellblech
to admit zugeben
intimate intim
nude nackt

Kelly (so knallrot, dass ich dachte, gleich platzt sie): „No, **unfortunately** not. It was hidden by a **strip** of **corrugated iron** – aaargh! That of all parts of the body! I really hate this stupid shower hut!“
Geena (auf etwas helleres Rosa zurückgebleicht): „Okay, but you have to **admit** that was kind of funny – it almost looked like those black strips in magazines that cover the **intimate** parts of **nude** photos.“
Hallo? Ist das abartig oder was? Die haben Tony beim Duschen angeglotzt und unterhalten sich jetzt in allen Farben des Regenbogens allen Ernstes über seinen ...! Ab sofort nenn ich Kelly nur noch die perverse Stalkerin, echt.
Wobei – interessant wäre es bestimmt gewesen, mal einen Blick auf Tonys bronzene blanke Haut zu werfen, nur so einen klitzekleinen Blick ... Wäre ja nur gerecht – er hat meinen blanken Busen ja schließlich auch schon gesehen. Uäh! Erinner mich nicht daran!
Aber ist ja typisch Jessie – das Beste rauscht immer unbemerkt an ihr vorbei: Wschschsch, war da was? Satz mit x – war wohl nix. Aber dafür hab ich Wale gesehen und Kelly nicht, ätsch.
Außerdem ... mal gucken, wann Tony morgen wieder unter die Dusche steigt ... Man weiß ja nie.

Sonntag, **31. JULI,** 8 Uhr 49

Wetterlage: herrlichstes Walguckwetter, laut Bordanzeige 75° Fahrenheit Außentemperatur.
Fauna-Sichtungen: kommen hoffentlich gleich.
Sozialstatus: Jess the Nasty Stewardess.
TdT: Der Widerspenstigen Lähmung.

Erster Klops des Tages: Den „Wake up caaaaall!" gab's schon um 6 Uhr morgens. Und da ich in der Duschrangliste natürlich erst unter „ferner liefen" rangiere, kam ich erst in den Genuss des (kalten *brrrr*) Wassers, als die anderen schon beim Frühstück saßen. Ergo: knurrender Magen. Aber was soll's – gleich gibt's wieder Futter für die (Tierschützer-)Seele!
Zweiter Klops des Tages: Heute besteht die Bootsbesatzung aus (festhalten!) Tony, Kelly, Danilo – und meiner Schlaksigkeit. Ein echtes Dreamteam also. Na, wie man's nimmt ...
Den dritten Klops des Tages hab ich dann Kelly höchstselbst in den Rachen gestopft.
Als es darum ging, wer heute welche Aufgabe an Bord übernehmen sollte und die Jungs sich natürlich gleich die Kartenkontrolle- und Button-verteil-Jobs unter den Nagel gerissen hatten (was bedeutete, dass die Küchenarbeiten Kelly und mir zufielen), hab ich doch tatsächlich dieses eine Mal im Leben schnell geschaltet.

Und mich sogar getraut, Tony mit ins Boot zu ziehen. Ha!
„Hey, Tony, didn't Kelly offer to show you her cooking skills? Kelly – why not **take the bull by the horns** right now and keep your promise? You can be the ship's cook today. The **galley** is all yours – I'll do the **serving**."
„Good idea", sagte Tony. „I'm really keen to see what excellent meals you're going to **conjure up** for us, Kell."
Wenn Blicke töten könnten, wäre ich jetzt nicht mehr unter den Lebenden. Aber aus der Nummer kam Kelly ohne Gesichtsverlust nicht mehr raus. Mit einem säuerlichen Lächeln in Richtung Tony band sie sich die Kochschürze um und ließ sich von Captain Knurrhahn in die Geheimnisse der Bordküche einweihen.
Danilo schob sich mit einem verschlagenen Feixen auf mich zu. „Tsktsktsk, I didn't know you could be so **mean** to poor My Hair Lady. You seem to have some ice-cold **Nordic** blood running in your **veins**."

to take the bull by the horns den Stier bei den Hörnern packen
galley Kombüse
serving Kellnern
to conjure up *hier:* zaubern
mean gemein
Nordic nordisch
vein Vene

Ich gab grinsend das perfekte Unschuldslamm. „You really mean this was mean? Hey, I mean, I didn't mean to be mean, if you know what I mean."
Danilo kicherte. „I'm really looking forward to Kelly's Baked Lunch. Although I guess Tony would prefer it to be a Naked one."
Grmpf. Was sollte das denn? Wenn's nach mir geht, kriegt Tony Klecker-kecker-Kelly nur nackt zu Gesicht, wenn ich sie über Bord geschmissen habe und sie

nach ihrer Rettung aus den nassen Klamotten gepult und in eine kratzige Decke gehüllt werden muss. War ich echt zu gemein zu ihr? Na ja, besonders vielfältig ist das Speisenangebot an Bord wirklich nicht – ein paar Spiegeleier und heiße Würstchen wird Kelly ja wohl noch hinbekommen.
Muss los, die ersten Passagiere drängen schon aufs Schiff. Später mehr.

Immer noch Sonntag, 31. JULI, 19 Uhr 15

Wetterlage: unverändert – aber um einen inneren Gelächterhagel bereichert.
Fauna-Sichtungen: zwei Finnwale (verpasst), ein Minkwal (auch verpasst), vier Delfine (die hab ich wenigstens noch gesehen) – und eine dumme Pute kurz vor der Backofen-Explosion (von dem Anblick werde ich mein Leben lang zehren).
Sozialstatus: Klein Jessie hat wieder ein bisschen Oberwasser.
TdT: Lola brennt. Oder: Wie man sich fettet, so riecht man.

Absurdes Theater ist echt ein Dreck gegen diesen Tag, deswegen das Ganze hier am besten im Drehbuchstil. Ausfahrt Richtung Wal-Gewässer. Ordentlicher Seegang. Danilo hängt, die Lauscher weit aufgesperrt, am Rockzipfel von John Donnelly, dem heute diensthabenden Bord-Biologen. Reicht ihm die Unterlagen für die Touri-Präsentation wie eine OP-Schwester dem Chefchirurgen die Instrumente.

Tony macht sich notgedrungen als Babysitter nützlich – ein junges Paar hat ihm einen quengeligen Sabbler-Krabbler auf den Arm gedrückt, um die Hände zum Fotografieren und An-der-Reling-Festhalten frei zu haben. Ein Glück, dass wir so ziemlich alles an Bord haben, was man sich nur vorstellen kann, von Bilderbüchern und Windeln über Tampons bis hin zu einer Insulin-Notration im Erste-Hilfe-Koffer. Man weiß ja nie, was passiert. Süüüß, wie Tony sich um den Kleinen kümmert, ich bin total gerührt. Stimmt wohl doch, was ich mal in einer Frauenzeitschrift gelesen habe (beim Zahnarzt im Wartezimmer natürlich, solche Blättchen kauf ich doch nicht) – ein Baby macht einen Mann in Frauenaugen doppelt sexy.

Here we go. Da wären wir. *oder:* Und los.
baked beans gebackene Bohnen
oyster Auster

Ich schweife ab, sorry.

Kelly hantiert in der Kombüsenecke mit den Töpfen herum – die ersten Passagiere haben Hungeralarm gemeldet. Ich habe mir die Serviceschürze umgebunden, nehme die Bestellungen entgegen und gebe sie pflichtschuldigst an Kelly weiter.

„**Here we go** – two fried eggs on toast and three sausages with **baked beans**."

Kelly (mit einem theatralischen Seufzen): „Is that all? No caviar, no **oysters**, no champagne on ice?"

Ich: „No, sorry to **disappoint** you – we have no millionaires on board today. Only simple people with simple needs – like fried eggs and sausages."

Kelly (hilflos die Arme in die Hüften stemmend): „Now where's that **bloody frying pan**?"

Captain McFlye (hat an seinem Steuerplatz alles mitbekommen): „Right in front of your nose. I showed you everything ten minutes ago. Don't tell me you've already forgotten."

Kelly (Hektikstufe eins): „No no, don't worry, everything's under control. Okay, I've got the pan. Did you say three fried eggs with beans and two sausages on toast, Jessica?"

Ich: „No, two fried eggs on toast and three sausages with baked beans. Oh, **gotta go** – next **order**'s **on its way**."

Zwei Minuten später, wieder in der Küche. Kelly hat mittlerweile den Herd eingeschaltet, kramt aber noch verzweifelt im Schrank – das Öl fehlt. Ich greife unter den Tresen, hole die große Dose heraus und reiche sie Kelly.

Kelly: „Thanks, erm ... Now what did you say? Three baked beans on toast and ...?"

Ich: „Nope. Two fried eggs on toast and three sausages with baked beans. And another two sausages without beans but with **mustard**. Are you sure you can **cope** with everything? I could ask Tony to help you – looks like the baby's back with its parents."

to disappoint enttäuschen
bloody *hier:* verdammt
frying pan Bratpfanne
Gotta go. Muss los.
order Bestellung
on its way unterwegs
mustard Senf
to cope fertig werden

Kelly (Hektikstufe anderthalb): „No, no, no way! Not Tony – of all people! Everything's just fine. I'll manage." Ich hole ihr trotzdem ein paar Würstchen aus dem Schrank – sonst brennt ihr das Öl noch an, bevor die Dinger überhaupt Gelegenheit haben, in der Pfanne zu landen. Dann rausche ich wieder zum Bestellungeneinsammeln ab. Mann, die Leute machen aber auch Dampf! Klar, die wollen alle satt sein, bevor die Wale in Sicht kommen.

Als ich wieder zurückkomme, spritzt das Öl schon munter in der Pfanne.

Kelly: „Ouch! That's hot! I've already **burnt** myself twice."

Ich: „Have you done the fried eggs? Keep cool – I'll bring you some **band-aids** from the **first-aid kit**. What about the sausages? We've got another two orders – no mustard, but toast *and* baked beans."

to burn (burnt, burnt) (sich ver)brennen
band-aid *(AE)* Heftpflaster
first-aid kit Verbandskasten
about time höchste Zeit

Sie hat's tatsächlich geschafft, zwei Spiegeleier zu produzieren – die allerdings verdächtig schwarze Ränder haben. Mag gar nicht wissen, wie die von unten aussehen. Ich versuche, den Schlamassel mit etwas Petersilie zu kaschieren, und bringe die Teller zu den Leuten. Die das mit einem zähneknirschenden „It's **about time**" quittieren.

Eine Minute und zwei Heftpflaster später. Küchenfee Kelly spielt Sulz auf unserer Haut – beim Öffnen einer Würstchendose fliegt ihr alles aus der Hand und die Matsche ergießt sich über unsere Unterarme. What a mess.

Katzenwäsche unterm Wasserhahn – der unglücklicherweise direkt neben dem Herd ist, weswegen ein Wasserstrahl an Kellys Hand abprallt und zischend in der öligen Pfanne Funken schlägt.
Captain McFlye: „**What the heck** are the two of you doing back there?"
Ich (weder überzeugt noch überzeugend): „No need to worry, everything's all right ..."
Die Würstchen sind auf der einen Seite rabenschwarz, auf der anderen noch halb roh. Oh-oh, das gibt Kundenärger. Ich klatsche eine Kelle Bohnenmatsche obendrauf und balanciere drei Teller aufs Oberdeck.
Spiegelei-Kundschaft von eben: „Hey, my fried eggs were completely burnt **on the underside**!"
Ich: „I'm terribly sorry, sir, would you like me to bring you new ones?"
„No, thanks, I'll do without. But don't expect me to pay for that pathetic attempt at a meal."
Aus der Kombüse quillt mir schwarzer Qualm entgegen. Auf zwei Tellern liegen verkohlte Würstchen, von Senf oder Bohnen keine Spur.
Ich: „I can't give them these. They're black!"
Kelly (Hektikstufe zwei): „I know, I know! Aaaaah, where's the damn mustard?"
Hungrige Meute an Deck: „Hey, where have my sausages got to?" – „**For goodness' sake**, how long does it take you to **fry** an egg?" – „If burnt food is all you can manage, I think I'll **cancel** my sausages, Miss."

What the heck ...? Was zum Teufel ...?
on the underside unten
for goodness' sake um Himmels willen
to fry (in der Pfanne) braten
to cancel stornieren

to deserve verdienen
to solve lösen
right away jetzt sofort
to handle sth mit etwas fertig werden
fire extinguisher Feuerlöscher

Die Rauchwolke wird dichter und brennt in der Kehle.
Kelly (Hektikstufe drei): „What have I done to **deserve** this?"
Na, wenigstens ist das Wimmer mit Aussicht – Tony und Danilo haben Witterung aufgenommen und eilen zu Hilfe.
Ich grapsche mir alle Kohlenwürstchen und kippe sie in den Abfalleimer – Nur die Tonne war Zeuge.
Danilo (bahnt sich fuchtelnd einen Weg durch den Qualm): „Oh my, this smells of big trouble."
Jo, big bad trouble.
Auweia, jetzt schlagen tatsächlich schon Flämmchen aus der Pfanne. Hurra, hurra, die Schale brennt!
Kreischende Passagiere: „Fire on board! Heeeeelp! Get me out of here!"
War ja klar, lange konnte das Chaos den Leuten nicht mehr verborgen bleiben.
„Where are the lifeboats? Women and children first!"
Was denken die, wo sie hier sind – auf der Titanic?
Captain McFlye: „Ladies and gentlemen, there's absolutely no need to panic – we just have a few little problems in the galley." (Und dann der geknurrte Zusatz:) „Which will be **solved right away** – if it's the last thing I do."
Kelly (und die Hektik ward zu Panik): „I can't **handle** this any more! We need the **fire extinguisher**! Does anybody remember where that stupid thing is? I know they told us when we got on board the first time, but ..."
Danilo rast los und greift sich den Feuerlöscher. Tony sieht sich, halb blind vom beißenden Rauch, nach

einer Decke um (auch keine schlechte Idee) und wirft das Teil mit einer raschen Bewegung über die lodernde Pfanne. Into the frying pan to put out the fire – wie hübsch man eine umgemodelte Redewendung doch in die Tat umsetzen kann. Hach, mein tapferer Held ...
Als Kelly plötzlich die Heulboje gibt und sich dann innerhalb von Sekunden zum perfekten Sirenen-Ersatz steigert, denke ich erst entsetzt, sie hätte sich am ganzen Leib verbrannt. Aber nein – sie leidet andere Qualen.
„What do you think you're doing?!? Tony, are you completely **nuts**? That's my jacket! Voce & Banana, best denim, stone-washed in **stream pebbles**! It cost me three hundred **bucks** and now it's ruined!"
Oh-oh. War wohl doch keine Decke, was Tony da über die Pfanne gestülpt hat. Tja, jetzt ist Kellys gutes Stück nicht mehr nur mit Bachkieseln stone-washed, sondern auch mit Billigöl pan-fried.
Wenigstens ist die Feuersbrunst gebannt, die Leute auf Deck beruhigen sich langsam wieder.
Was man vom Captain nicht behaupten kann. Mit wutverzerrtem Gesicht stürzt er auf uns zu. „If we weren't in open water I **swear** I would throw you over board with my own hands! All these people here have paid good money for this trip, and what do they get? Burnt eggs and the **fright** of their lives! You!" Er spießt Kelly mit dem Zeigefinger beinahe auf. „You ...! You ...! I don't even know what to call you, any **insult** would be too mild for what you've done. You almost burnt my boat!"

nuts verrückt
stream pebble Bachkiesel
buck *(AE)* Dollar
to swear (swore, sworn) schwören
fright Schreck
insult Beleidigung

Na ja, ganz so schlimm war's nicht. Statt „Die Asche meiner Kutter“ hat Kelly nur die abgemilderte Version mit „Butter“ abgeliefert.
„I've had a lot of young people on my ship in the last few years, but I've never seen anybody as stupid as you. This definitely **takes the biscuit**!“
Dreht auf dem Absatz um, nachdem er sich kurz vergewissert hat, dass nichts mehr brennt, und geht zurück zum Steuer, wo er das Mikro in die Hand nimmt und sich bei den Touristen wortreich entschuldigt.
„Wow“, sagt John, der mittlerweile dazugestoßen ist. „I've known Captain McFlye for five years now, but those were the most words I've ever heard him speak **at once**. And I don't think you should be **proud** of getting that **speech** out of him. I suggest you clean up the mess in the galley and try to stay out of the Captain's way for quite some time.“

to take the biscuit den Vogel abschießen
at once *hier:* auf einmal
proud stolz
speech Rede

Und das Ergebnis von's Janze?
Zwei Stunden Zusatzarbeit.
Danilo schwer geknickt.
Ich nicht minder.
Kelly in Tränen aufgelöst.
Tony als Kelly-Tröster – hey, ich brauchte auch ein paar aufmunternde Worte, schließlich war nicht ich es, die den ganzen Mist angestellt hat. Aber wahrscheinlich hat er nur ein schlechtes Gewissen wegen Kellys teurer Jacke.
Wale gab es dann trotzdem noch zu sehen. Jedenfalls für die Touris (sozusagen als Entschädigung für den

leeren Magen) – wir waren ja unter Deck mit Putzen beschäftigt. Grrrr – wegen Kelly hab ich jetzt meinen ersten Minkwal verpasst!
Als wir dann nach der Rückkehr von Bord gingen, nahm mich der Captain plötzlich beiseite. „I've got a special **bone to pick with** you, Jess", brummte er.
Mir wurde ganz schlecht. „I'm so sorry about what happened", brachte ich nur heraus. „I really am, from the bottom of my heart."
„I'm quite disappointed in you, my girl. I've been watching you from your first day here and I thought you had some **brains** – unlike that silly goat who put my boat in danger today – and a **genuine** love of whales. I thought you were different, understand me?"
Ich nickte mit gesenktem Kopf. Ich schämte mich total.
„I know you only wanted to play a little trick on her, but you went **way too** far. What you did was completely **irresponsible**. And now get off my boat and **chew over** what I've said."
Ich trollte mich wie ein begossener Pudel. Als ich schon mit einem Fuß auf dem Steg stand, rief er mir noch einmal hinterher: „Hey, Jess ... Kelly's expression when she realized she'd lost control ... and her shrieks when she found out about her jacket ... That was funny. I'll give you that." Er grinste in seinen Bart.
Ich lächelte verschämt. Plötzlich wieder leichtfüßig, machte ich mich auf den Weg ins Camp.

to have a bone to pick with sb mit jdm ein Hühnchen zu rupfen haben
brain Hirn
genuine echt, authentisch
way too viel zu
irresponsible unverantwortlich
to chew over nachsinnen über

Dienstag,
2. AUGUST,
17 Uhr 13

Wetterlage: wolkenloser Himmel, aber für mich ist Wolke 7 zumindest schon mal in Sichtweite.
Fauna-Sichtungen: Lebendexemplare null, abgelebte Exemplare drei Tiefkühltruhen voll.
Sozialstatus: in Tonys Anhimmlerinnen-Schlange ein paar Plätze nach vorn gerückt.
TdT: Ein Hauch von Herz – Untertitel: Und er mag mich doch!

Wieder zwei Tage ohne Wale. Dafür mit organisierten Ausflügen in die Umgebung, etlichen informativen Stunden in der Bibliothek und, Gott sei Dank, relativer Ruhe vor der Wölfinnen-Meute. Kelly hat mich seit ihrem Fettgeflüster-Auftritt keines Blickes gewürdigt. Hab das Gefühl, sie weiß jetzt nicht so recht, wie sie mit mir umgehen soll. Einerseits hasst sie mich sicher total, weil sie sich auf der *Enola Gray* meinetwegen bis auf die Knochen blamiert hat, andererseits traut sie sich wohl nicht so recht, auf mir rumzuhacken, weil sie zu ihrer Verwunderung mitgekriegt hat, dass ich im Camp kein Wort über ihr Würstchen-Waterloo erzählt hab (wem auch?). Und da Tony und Danilo auch nicht viel rausgelassen haben, ist Kellys Anführerinnen-Image bei ihrer Klacker-Clique kaum angekratzt.

Zu Tony hält sie auch etwas mehr Abstand als vorher – ist ihr bestimmt peinlich, dass er ihre Koch-Schmach und den Anschiss vom Captain mitgekriegt hat. Unter Mangel an Verehrerinnen leidet Tony trotzdem keineswegs – ständig scharwenzeln scharenweise Mädels um ihn herum, ein Augenaufschlag peinlicher als der andere. Im Dutzend williger, kann ich da nur sagen. Es ist so erbärmlich, wie sie sich an ihn ranschmeißen! (Und mir kein Plätzchen zum Dazwischenquetschen lassen.) Heute allerdings hab ich meine große Chance bekommen – und für meine Verhältnisse durchaus genutzt, würde ich sagen.
Zweimal in der Woche werden nämlich Zweierteams zum Supermarkt losgeschickt, um die Sachen einzukaufen, die wir nicht geliefert kriegen oder büchsenweise auf Lager haben. Und heute bestand das Zweierteam aus (tatatataaa!) Tony und mir! Anderthalb Stunden traute Zweisamkeit ohne Kelly-Klon-Quaken!
Okay, es gibt sicher romantischere Orte als einen gleißend hellen, kühl temperierten und mit blödsinniger Dudelmusik unterlegten Supermarkt. Aber man kann sich beim Schieben des Einkaufswagens so schön mal versehentlich anrempeln oder über die Hand am Griff streichen oder sich in dicht bevölkerten Gängen ganz eng am anderen vorbeistrecken. (Ja, klar muss es die Packung ganz oben sein! Wie soll ich sonst meinen Oberkörper an Tony pressen in dem Versuch, ihn mit meiner sexy Duftmischung aus Körperwärme und einem Hauch *Obsession* zu betören?) Ich war selber ganz verwundert, dass ich mich so was getraut hab, aber plötzlich ging das irgendwie, hier, so alleine mit

ihm, ohne die blöden Blicke und gehässigen Kommentare der anderen ... Jedenfalls hat das Objekt meiner Begierde auf die plumpen Annäherungsversuche positiv reagiert – ist nie ausgewichen, sondern hat seinerseits ganz zufällig meine Hand gestreift und immer so umwerfend gelächelt, dass ich zwischendurch ganz froh war um die vielen Tiefkühltruhen, in die ich meinen hochroten Kopf zum Abkühlen versenken konnte.
Und passend zum Thema „Kühl" sagte Tony plötzlich: „I think it's cool we've finally got a chance to spend some time alone together."
Hatte er das wirklich gesagt? Ich wäre vor Aufregung beinahe vornüber in den Wagen gekippt.
„This way we can get to know each other a little better." Er grinste. Und ich dachte, okay, den Pudding können wir schon mal von der Einkaufsliste streichen, ich hab so viel davon in den Knien, dass es für drei Camp-Jahre reicht.
„Yeah, absolutely." Oh Mann, noch bescheuerter ging's wohl nicht?
„**A shame** we had so little contact the last few days", fuhr Tony fort.
Ja, ja, jaaaa, gimme more contaaaact!, schrie es in mir, aber heraus kam nur: „I totally agree." Auweia, wenn das so weitergeht, kann ich mir gleich das nächstbeste Mixedpicklesglas greifen und mich eingurken, dachte ich. Aber mein Hirn fühlte sich einfach nur an wie Loch Jess, nur ohne Wasser und Ungeheuer – die totale, bodenlose Leere.
„I think you're really ... interesting ... erm fascinating. You're so different from all

a shame
hier: schade

the other girls. I mean … different in a good way, of course."
Jessie, du Volltrottel, was brauchst du noch? Einen zugesteckten rosa Zettel mit „Willst du mit mir gehen? Zutreffendes bitte ankreuzen: Ja / Nein / Vielleicht"? Der Typ findet es gut, dass du anders bist als die blonden Weichspül-Weiber! Auf ihn mit Gebrüll!
„Oh … thanks. I think you're fascinating, too …" Okay, ein bisschen Gemurmel statt Gebrüll tut's fürs Erste wohl auch. „But I didn't think you'd even noticed me – with all those pretty girls around …"
„You're not trying to tell me you think of yourself as not being pretty? Because, hey, I think you have the prettiest face of all the girls in camp. I'm not the **type** of guy who's only into long hair, big **boobs** and a **plunging neckline**."

type Typ
boobs Titten
plunging neckline tiefer Ausschnitt
pork fillet Schweinefilet

Oha, der nennt die Dinge aber beim Namen, dachte ich. Aber schön zu hören, dass er auch mal hinter eine Holz-vor-der-Hütten-Fassade gucken kann.
„Talking about body parts – don't we have twenty **pork fillets** on our list? I think the meat is over there." Na super – womit ich dann gleich wieder von den interessanten Themen abgelenkt hatte. Ich hätte mir selber in den Hintern treten können!
Der Blick in die Tiefkühltruhe verbesserte meine Laune auch nicht gerade. „This looks more like Jurassic Pork", sagte ich.
Tony guckte auf die ziemlich gräulich verfärbten, eingeschweißten Fleischpackungen und lachte. „Definitely. I love your jokes, Jezebel."

„Jessica."
„Pardon?"
„It's Jessica. My name's Jessica, not Jezebel."
„Oh ... yeah, sure, I know that. Jezebel was just ... kind of a **pet name**, you know."
Okay, als Kosename lass ich das gern durchgehen. Dachte schon, er wüsste nicht mal, wie ich richtig heiße.
„Maybe we'd better switch to **beef** or **veal**, what do you say?" Ich zeigte auf die Fleischberge in der anderen Tiefkühltruhe.
„I totally agree", zitierte mich Tony mit einem spitzbübischen Grinsen.
Und so packten wir den Rest der Sachen auf der Liste unter einigem Gelächter und übermütigem Geschubse in den Wagen und hatten überhaupt ziemlich viel Spaß. Irgendwann sagte Tony sogar noch was von wegen: „This almost feels like the weekly shopping trip for a big family. You and me hunting **supplies** because we've got five little hungry mouths waiting at home. Nice feeling, though", und ich dachte: Uups! Wie wird mir denn? Tony – und ich – und Familie – und romantisch – und überhaupt ... Oh what a beautiful morning, oh what a beautiful day! Obwohl mir der Gedanke an Kinder doch schon um einiges zu weit ging, aber vielleicht hat er das gar nicht so gemeint, sondern einfach nur ... ach, ich weiß auch nicht, am besten mach ich mir möglichst keine Gedanken mehr drum, sondern genieße, was ist. Tony ist einfach so süßsüßsüß ...

pet name Kosename
beef Rindfleisch
veal Kalbfleisch
supplies Vorrat

Mein Fazit für den Tag ist daher absolut positiv, obwohl ich es kein einziges Mal geschafft habe, was Geistreiches zu sagen, dafür aber Tonys romantische Komplimente-Phase erfolgreich mit schweinischen ... äh ... schweinefleischigen Bemerkungen zu torpedieren. Angesichts meiner sonstigen Schüchternheit kann man den Tag trotzdem als vollen Erfolg verbuchen. Bin gespannt, wie es mit Tony und mir weitergeht. Ich bin ja sooo verliebt ...

Donnerstag, 4. AUGUST, 10 Uhr 31

Wetterlage: keine Ahnung, wie es draußen aussieht. In mir regnet's Tränen. (Hey, im eigenen Tagebuch darf man ja wohl sentimental-kitschig sein, oder?)
Fauna-Sichtungen: null.
Sozialstatus: ***missing link*** *– nicht mal Danilo versteht mich mehr.*
TdT: Im Rausch der Briefe. Oder: Was täte ich bloß ohne Estella?

missing link fehlende Verbindung

RUUUMMMMMS! Meine Bruchlandung nach dem emotionalen Höhenflug von neulich muss von hier bis Neuseeland zu hören gewesen sein. Mein romantischer fliegender Zweisitzer, auf dem mit großen Herzchenlettern TONY draufstand, hat sich so tief mit der Nase ins Erdreich gebohrt, dass mein innerer Zustand nur noch als unterirdisch bis grottig bezeichnet werden kann.
Was passiert ist?
Gar nichts ist passiert.
Ja, genau, gar nichts.
Das ist es ja.
Am Tag nach unserem tollen Ausflug in den Supermarkt hab ich Tony morgens mit einem seligen Lächeln begrüßt, als wir uns auf dem Zelt-Dusche-Trampelpfad begegnet sind. Er hatte zwei der anderen Jungs im

Schlepptau und die bohrten ihm angesichts meines Ohr-zu-Ohr-Strahlelächelns gleich grienend die Ellbogen in die Rippen, aber was machte mein lieber Tony? Er guckte weg!
Ja, richtig gehört – er guckte weg, setzte ein unbewegtes Pokerface auf und tat so, als kenne er mich gar nicht. Hab ich mir jetzt nur eingebildet, er hätte mich beim Einkaufen angeflirtet? War das alles nur ein schöner, böser Traum?
Den ganzen Tag hab ich dann gestern drauf gewartet, dass von ihm doch noch was kommt, aber nein, nichts. Nothing, nada, nintendo. Und heute Morgen, bevor er zum Bootseinsatz abzog, das gleiche Spiel – ich schaue Tony verwirrt-hoffnungsvoll an, er starrt auf seinen Teller (wahlweise in vergleichbaren Situationen: auf seine Schuhe / seine Fingernägel / ins Leere). Nach dem Frühstück hat er sich dann hinter seiner Sonnenbrille verschanzt. Was ist denn da los? Irgendwas stimmt doch nicht. Hab ich im Supermarkt irgendwas falsch gemacht? Wahrscheinlich findet er mich eben doch nicht hübsch, sondern total bescheuert – kein Wunder, so, wie ich seine Annäherungsversuche abgesägt hab. Ich hab das eben nicht drauf, so zu schäkern wie die anderen Mädchen. Mit kindischen Wortwitzen kann man halt keinen Mangel an Blondmähne und ausgefeilten Flirt-Fähigkeiten wettmachen.
Buhuhu, ich hab's vermasselt! Ich bin selber schuld, dass Tony jetzt wieder nur die anderen (allen voran Kelly) anlächelt und sich unbeirrt weiter anschmachten lässt.
Danilo hat mich gestern einmal dabei ertappt, wie ich Tony ratlos nachschaute, und kam zu mir hergestiefelt.

„You're **better off** without him, believe me", sagte er.
„What?"
„I mean, you shouldn't **bemoan** the **loss** of Tony, he isn't **worth** it."
„What are you talking about?", fegte ich ihn an.
„Oh come on, did you really think I hadn't noticed the way you were **gazing adoringly** at him all the time? Only a **blind man** could have missed it."
„So what? Is that Mr **Envy** speaking? Mr Just-**Sour-Grapes**? Are you jealous because no girl has ever looked at you that way?"
Autsch, wo kam das denn her? Aus den Tiefen meiner schwer gekränkten Anhimmlerinnen-Seele, anders kann ich es mir nicht erklären. Das war hundsgemein. Danilo guckte dann auch ziemlich betroffen zu Boden und ich kam mir vor wie das letzte Dreckschwein dieser Erde. „I know you're hurt, but there's no need to **kill the messenger**", murmelte er.
„I'm sorry, I shouldn't have said that."
„It's okay, I **can take it**. Maybe you're even **partly** right, about being jealous and so on ... But ... well, I just wanted to tell you that Tony's not worth it. And now that I've told you ... okay, I guess I'd better go."
„No, wait a minute – what do you mean, he's not worth it? Anyway, it's not like he's my boyfriend and **dumped** me or anything."

to be better off besser dran sein
to bemoan beklagen
loss Verlust
worth wert
to gaze starren
adoringly anbetend
blind man Blinder
envy Neid
sour grapes (ihm sind) die Trauben zu sauer
to kill the messenger den Boten umbringen
to be able to take sth etwas aushalten können
partly zum Teil
to dump sb mit jdm Schluss machen

„I know, but it's been quite **obvious** all the time that you **fancy** him, and whatever happened the day you went shopping together ... well, now he seems to be **ignoring** you and hiding behind his cool sunglasses, and you seem to be very **upset** about that, and ..."

Oh Mann, war das alles so offensichtlich? Hatte nur Danilo Adlerauge mich durchschaut? Oder hatte ich mich vor allen zum rosa bebrillten Affen gemacht? Fühlte sich total merkwürdig an, jetzt ausgerechnet mit einem Jungen über meine Schwärmerei für einen anderen zu reden, und darüber, dass besagter Angeschwärmter nicht zurückschwärmte, und so weiter.

„But why do you think he's not worth it? I mean, I think he's incredibly cute and **smart**, and he said I was pretty and ..."

„Do you really think you're the only one he's told things like that? I know of at least three other girls who've been told they had the prettiest face or the longest legs or the sexiest smile he's ever seen. Tony's always got **several irons in the fire**."

Touché. Aber ich wollte trotzdem nicht glauben, dass das im Supermarkt alles nur vorgelogen war. Schließlich hatte er doch auch gesagt, er fände es traurig, dass wir nicht mehr Kontakt zueinander hätten. Und er konnte über meine Witze lachen und hatte mir sogar einen Kosenamen verpasst ... Und überhaupt, woher wollte Danilo das alles wissen? Von den Mädchen und den Komplimenten und überhaupt? War der hier der Kummerkastenonkel, der mit allen enttäuschten Mäd-

obvious offensichtlich
to fancy sb auf jdn scharf sein
to ignore ignorieren
upset durcheinander
smart gescheit
to have several irons in the fire mehrere Eisen im Feuer haben

chen redete? Nein danke, in die Beichtstuhl-Schlange würde ich mich jetzt bestimmt nicht einreihen. Sollte er mal seine Weisheiten für sich behalten. Hinter Tonys Verhalten musste was anderes stecken. Ich hatte mich eben total bekloppt aufgeführt, und wieso sollte er sich mit einem komplizierten, bekloppten Mädchen einlassen, wenn es hier von wesentlich sonnigeren, simpleren Gemütern nur so wimmelte?

Apropos wimmeln: Ich wimmelte Danilo mit irgendwas hastig Dahingemurmeltem ab und ließ ihn stehen. Fies und undankbar, ich weiß, aber ich konnte einfach nicht anders.

Und heute war Tony also wieder so abweisend (sprich: stumm) zu mir, dass mir ganz schlecht wurde und ich keinen Bissen des Frühstücks runtergekriegt hab. Habe mich dann erst mal in Arbeit gestürzt und nach dem Motto „Das Dreckige putzend“ freiwillig das ganze Geschirr gespült – ich dachte, das reinigt meine Seele vielleicht auch ein bisschen.

Hat's aber nicht.

Werde gleich mal in die Stadt gehen und gucken, ob Estella zufällig wieder online ist.

IM INTERNETCAFÉ,
fünfundvierzig Minuten später

ICH: Aaah, Estella, my one & only true friend, so glad you're here!
ESTELLA: Hi Jess! Uh-oh, more catastrophes? What did you **expose** this time? Your naked **bottom**?
Ich: Ha ha! No, even worse – my feelings.
ESTELLA: Yeah, that's definitely worse. Did you fall on your knees in front of Tony-Too-Sexy with a red rose between your teeth and **confess** your **undying** love?
ICH: Not exactly. But we enjoyed a couple of romantic hours together.
ESTELLA: Oh, I see – by the waterfront, I guess, while night was falling and the first stars were a-sparkling ... A sweet summer **scent filled the air**, **weary** seagulls **huddled together** for the night ... *__wistful sigh__*
ICH: Erm ... no, it was more like ... by the supermarket-front, while a **metallic** voice out of nowhere filled the air saying: Thirty-one-nineteen-sixty-seven, please fill the empty checkouts immediately! And weary customers **wrestled** over the last **special offers** of the day ...

to expose entblößen
bottom Po
to confess beichten
undying unsterblich
scent Duft
to fill the air in der Luft liegen
weary müde
to huddle together zusammendrängen
wistful sigh sehnsüchtiger Seufzer
metallic metallisch
to wrestle ringen
special offer Sonderangebot

setting Schauplatz
all ears ganz Ohr
head over heels Hals über Kopf
to mess sth up etwas verpfuschen
startled erschrocken
confused konfus
to spoil verderben
somehow irgendwie
to turn away (sich) wegdrehen
incomprehensible unverständlich
to flirt flirten

Estella: *rofl* Wow, that's what I call romantic.

Ich: Okay, okay, the **setting** wasn't perfect, but wait till you hear what Tony said.

Estella: I'm **all ears**, honey.

Ich: He said I had the prettiest face of all the girls in camp and he wished we could get to know each other better.

Estella: Yeah!

Ich: Yeah, that's what I thought, too. Then he said I was fascinating and funny and he gave me a pet name, Jezebel.

Estella: Well, but that's like your dream come true. He seems to have fallen for you just like you have for him. **Head over heels.** So where's the problem?

Ich: The problem is that I **messed it up**. I was so **startled** and **confused** that I started talking about the meat we had to buy, and so – whoooosh! Adios, romantic atmosphere!

Estella: Didn't you even tell him that you think he's cute or something like that?

Ich: Yes, of course I did, but afterwards ... I don't know ... I **spoiled** it **somehow**.

Estella: What happened? Did he just **turn away** and leave you there?

Ich: No, not at all. That's the **incomprehensible** part of the story. We kept laughing and **flirting** and having a good time. But ...

Estella: But what? Come on, you know you can confess everything to Auntie Estella. *smile*

ICH: He's been so different since then! No more smiles, not a word – he doesn't even look at me! It's as if I were invisible.

ESTELLA: Hmmm ... that does sound strange.

ICH: I'm sure he thinks I'm **insane** or an absolute idiot.

ESTELLA: But he said you were funny and fascinating, etc. ... He can't have changed his mind **overnight**.

ICH: I don't know ... I must have said something so stupid that he was completely shocked. Maybe he just kept laughing while we shopped in order to **save face** or because he was too **polite** to hurt my feelings ... Now we're back in camp, maybe he thinks it's best to ignore me instead of telling me the truth – that he doesn't want to have anything to do with me.

ESTELLA: Do you really think he's that **considerate**? It sounds to me like there must be some other reason ...

Ich: But what?

ESTELLA: I've no idea, Jess ... I'll have to think the whole story over – there must be something ... Okay, and what about the other girls now? How does he treat *them*?

ICH: Same **procedure** as every day – **mutual** smiles, **ambiguous** talk, flirting **winks** ...

ESTELLA: Oh Jessie, I'm so sorry your **hopes were dashed**! *big hug* Maybe Tony simply wasn't the right guy for you ...

insane wahnsinnig
overnight über Nacht
to save face das Gesicht wahren
polite höflich
considerate rücksichtsvoll
procedure Verfahren
mutual gegenseitig
ambiguous mehrdeutig
wink Zwinkern
to dash sb's hopes jds Hoffnungen zerstören

ICH: But he is! I'm still **convinced** of that. It's all my **fault** – I did something stupid and disappointed him.
ESTELLA: Isn't it **weird** that we girls always think it's all our fault? What if it's Tony's fault? What if something else happened that made him change his mind? Something you don't know about ...
Ich: *heavy sigh* Estella, the only thing I don't know is what to do now. I'm so unhappy I could cry. ***sniff***
ESTELLA: No, don't cry, please don't. What can I do to **cheer you up** a bit? Want me to tell you a dirty joke? ☺
ICH: *smile* No, better tell me what's going on in your life at the moment.
ESTELLA: Hmmm ... You sure you want to hear that?
Ich: Why? Did you **hit the jackpot**?
ESTELLA: *lol* Yeah, that's about it. Remember the boy I told you about a few weeks ago? Jack?
ICH: Yes, sure, the guy with the bluest & truest eyes in the world? ☺
ESTELLA: Exactly. Well ... erm ... ***fanfare*** he's my boyfriend now!
ICH: Wow!!! How come?
ESTELLA: There's no big story to it. Three days ago he came up to me at school and told me he's in love with me and asked me whether I would like to **go out with** him.
ICH: Just like that? Hey, that's what I call brave. And you said yes, of course?
ESTELLA: Of course. And so we went out together yesterday – to the movies.

convinced überzeugt
fault Schuld
weird seltsam
„sniff" „schnief"
to cheer sb up jdn aufmuntern
to hit the jackpot das große Los ziehen
fanfare Fanfare; Trara
to go out with sb mit jdm gehen

Ich: Don't tell me he put his arm around your shoulder in the dark cinema and kissed you!

Estella: Well ... actually that's exactly what he did ... Sorry, Jess, I didn't want to tell you all this, especially now that you're so **miserable** because of Tony ...

Ich: Come on, Ella! I'd be a bad friend if I weren't able to be happy for you. Honest, girl, **congratulations!** And of course I hope you'll provide me with **loads of** sweet little details – about kissing and hugging and everything ;-)

miserable elend
Congratulations! Herzlichen Glückwünsch!
loads of eine Menge

Estella: *lol* Of course I will. And I'm sure your love life will work out perfectly as well, in the end. Sooner or later ...

Ich: Let's hope you're right ...

Freitag, 5. AUGUST, 20 Uhr 12

Wetterlage: bedeckt, windig, 24 °C.
Fauna-Sichtungen: ein Brummbär und seine Hafenrobbenmeute.
*Sozialstatus: You may be **snarling** – but I'm Captain's darling!*
TdT: Jenseits von Reden. Oder: Wie gut sich die perfekte Mischung aus Sprechen und Schweigen anfühlt.

to snarl
wütend knurren

Heute durfte ich zwar nicht mit aufs Meer, musste dafür aber auch nicht wieder im Camp Schinderella spielen, sondern war zum Bootschrubben eingeteilt. Schließlich muss die *Enola Gray* zwischen den Ausfahrten regelmäßig von oben bis unten sauber gemacht werden. Und mir war alles lieber als ein weiterer Tag mit Dosenkrieg in der Camp-Küche und meinem persönlichen Trauer-Mantra „Er beachtet mich nicht, er beachtet mich nicht". Außerdem war ich so wenigstens am Wasser, konnte Seeluft schnuppern und die Seehunde im Hafen bewundern.
Und der Tag wurde zu meiner Überraschung zu einem der bisher schönsten hier, denn nachdem die anderen zwangsverpflichteten Deckschrubber mit ihrer Arbeit fertig und abgedampft waren, blieb ich mit Captain McFlye allein zurück. Besser gesagt, er fragte mich höchst-

selbst, ob ich nicht Lust hätte, noch ein Weilchen zu bleiben. Die nächste Bootsfahrt würde ja erst knapp zwei Stunden später starten. Ich dachte zunächst, er wäre immer noch sauer wegen der Hennen-brennen-Geschichte mit Kelly neulich, und wappnete mich innerlich schon gegen eine neuerliche Leviten-Lesung.
Aber nein, kaum waren die anderen weg, legte der Captain seine Griesgram-Miene ab und lud mich fröhlich grinsend in die Kombüse ein. „I bet you've never had **clam chowder** before, right?"
Und dann stellte er sich wiederum höchstselbst an den Winzherd und wuselte und köchelte und mischte die irrsten Zutaten zusammen und setzte mir schließlich einen Pott mit einer herrlich duftenden Muschelsahnesuppe vor – alles andere als vegetarisch, ich geb's zu, aber das Zeug schmeckte so was von lecker!
„My mother's secret recipe", erklärte Captain McFlye und drückte mir ein Körbchen mit gerösteten Brotscheiben in die Hand. „She got it from an old **fisherwoman** from Maine thirty years ago – she never told me how she did it, but she did."
„So your family is from Maine, **originally**? I assumed you had Scottish blood in your veins – I mean, your name – McFlye ...", sagte ich.
„Only my mother was from Maine", antwortete er. „My father's family is **indeed** Scottish. And there were some other nationalities **involved** – a **Norwegian great-uncle**, an **Icelandic** aunt ..."

clam Muschel
chowder *eine dicke Suppe aus Meeresfrüchten*
fisherwoman Fischerin
originally ursprünglich
indeed tatsächlich
involved involviert
Norwegian norwegisch
great-uncle Großonkel
Icelandic isländisch

„Sounds interesting. And you know what they say – **mongrels** are the **healthiest**." Ich zwinkerte ihn frech an.

Zu meiner Erleichterung schien der alte Mann einen gesunden Sinn für Humor zu haben. Er grinste. „Oh, is that so? You've got some funny **proverbs** in Germany." Dann wurde er wieder ernst. „But I can't say I'm very proud of my mongrel family – any of them."

Das gab mir dann doch Rätsel auf. „Why? Did they hide any **skeletons in the cupboard**?"

Das entlockte dem Captain wieder ein Lächeln – wenn auch nur ein halbes. „You're pretty **curious**, girl. But I guess that's my own fault; I started this conversation. Well ... Yes, you could say that some of my relatives had a few skeletons in the cupboard – no human skeletons, but still ..."

mongrel Promenadenmischung
healthy gesund
proverb Spruch
to have a skeleton in the cupboard eine Leiche im Keller haben
curious neugierig
nosy (zu) neugierig
ancestor Vorfahr
whaler Walfänger
to be deeply ashamed of sth sich zutiefst für etwas schämen

Oh-oh, da hatte ich wohl in ein Wespennest gestochen. „Sorry, I didn't mean to be **nosy**. You don't have to tell me if you don't want to ..."

„It's all right, girl, don't you worry. The thing is – several of my **ancestors** were **whalers**. And that's something I'm **deeply ashamed of**."

„Whalers? You mean they went out to sea and killed whales?" Ich schüttelte mich.

„That's exactly what they did. My Norwegian great-uncle, my Scottish grandfather, my Icelandic and my American relatives – wherever my ancestors came from, they were all whalers. They killed whales for their **oil** and their meat and their bones. They helped push whales to the **brink** of extinction."

„But that was a long time ago. You can't be **blamed** for what your family did then. *You* are doing the exact opposite – you're working to help save und protect whales."

„When I was a kid my father once took me on a whaling trip", erzählte der Captain. „It was so brutal, so **repulsive**. The humpback they killed that day **struggled** and fought against their **harpoons** and their nets and their **enormous** knives ... The water was red with blood ... But the whale had no chance against the whalers. That was the day I decided to switch sides. I swore to put an end to all this killing. Well, I'm afraid I haven't been too **successful** ..."

„But nobody's hunting whales for oil any more! Most whales are protected by law."

„Yes, and I'm **awfully** glad about that. But a lot of whales still get killed – by the Norwegians, the Japanese, the Icelanders – **under the guise of scientific research**. Or they get entangled in fishing nets and **drown**."

Ich nickte. „Yes, I know, it's terrible. That's one of the reasons why I decided to become a marine biologist and try to protect endangered species."

oil Öl; *hier:* Tran
brink Rand
to blame sb for sth jdn verantwortlich für etwas machen
repulsive abstoßend; widerlich
to struggle sich sträuben; kämpfen
harpoon Harpune
enormous enorm
successful erfolgreich
awfully furchtbar
under the guise of unter dem Vorwand
scientific research wissenschaftliche Forschung
to drown ertrinken

Der alte Mann lächelte mich an. „Young folks like you – you are our hope for the future. For the whales' future. Though … I'm not sure about some of your camp **comrades** …"

comrade Kamerad(in)
nail polish Nagellack
scratch Kratzer

Ich musste lachen. „You mean Kelly and her friends? Well, I really don't know what she's doing here. The only thing she wants to protect is her **nail polish** from **scratches**."

Captain McFlye lachte nun auch. Und dann saßen wir nur schweigend da und ließen uns von den kleinen Hafenbeckenwellen schaukeln. Herrlich – es gibt nämlich nicht viele Menschen, mit denen man nicht nur reden, sondern auch zwanglos schweigen kann.

Am liebsten wäre ich gar nicht mehr ins Camp zurückgegangen – zurück zu den Kelly-Biestern und Tonys Hinter-der-Sonnenbrille-verschanz-Nummer. Aber alles Schöne hat auch mal ein Ende und ich freu mich auch schon total auf die nächste Ausfahrt mit hoffentlich vielen Walsichtungen!

Sonntag, 7. AUGUST, 15 Uhr 40

Wetterlage: brütend heiß, 29 °C.
Fauna-Sichtungen: null.
Sozialstatus: Burgfräulein, in grenzenloser Helden-Verehrung.
TdT: Zwei glorreiche Wal-Unken. Oder auch: Ein Glorreicher, eine Unke, null Wale.

Hach, wusste ich's doch! Tony ist ein Held!
Nein, er hat sich nicht endlich getraut, in Sachen Romeo & Jessica Nägel mit Köpfen zu machen. Leider, leider. Aber dafür hat er ein Menschenleben gerettet! Danilos Menschenleben nämlich. Und das kam so:
Ich war gerade dabei, fürs Mittagessen wie üblich etikettenlose Konserven am Ohr zu schütteln, um wenigstens eine blasse Ahnung vom Inhalt zu bekommen (ich glaube, ich kann mich nach diesem Sommer mit der Nummer bei „Wetten, dass ...?“ bewerben), und summte so vor mich hin, da erhob sich plötzlich Geschrei im Camp. Ein paar Hystero-Hühner liefen kreischend durcheinander, Lisa und Chris stürmten aus dem Zelt – und Tony entgegen, der eine leblose Gestalt auf den Armen ins Camp schleppte.
Eine leblose Gestalt, in der ich zu meinem Entsetzen Danilo erkannte. Der eine Arm baumelte herab, der

Kopf war nach hinten geknickt, die Augen verdreht – er sah echt zum Fürchten aus.
Zur Vorgeschichte: Ein paar der Jungs – darunter eben Tony und Danilo – waren am frühen Morgen zu einem Erkundungsausflug in die Umgebung aufgebrochen. Danilo hatte die mit Abstand umfassendste Ausrüstung dabei – sein Rucksack war prall gefüllt mit Proviant, naturkundlichen Nachschlagewerken und Klamotten für alle Regenfälle. Die anderen Jungs reisten mit eher leichtem Gepäck – und mit leichtem Schuhwerk. (Was dazu führte, dass ich mir schon Sorgen machte, ob Tony in seinen Sneakers nicht umknicken und sich den Knöchel verstauchen würde – allerdings hätte ich damit die Gelegenheit bekommen, mich rührend um ihn zu kümmern, woraufhin er sich bestimmt auf meine Qualitäten besonnen und sich zu seiner Liebe zu mir bekannt hätte ... Ähm, ist gut jetzt. Zurück zum heutigen Tag.)
Also: Tony trug Danilo ins Camp, die anderen Jungs trotteten mit Danilos Rucksack hinterher. Sahen ziemlich erschrocken und bedröppelt aus, die Guten, ein Cliff Hänger neben dem anderen.
Chris übernahm den leblosen Danilo von Tony und legte ihn gleich flach auf den Boden. Gab einen ganz schön bleichen Rasenkavalier ab, der arme kleine Römer. Ich kauerte mich links neben ihn, Lisa rechts.
„What happened?“, fragte Chris alarmiert.
Tony riss die Arme hoch, die Handflächen nach außen gedreht. „I have no idea! One minute he was right beside me, and the next he just ... **collapsed**.

to collapse
kollabieren; zusammenbrechen

Fell down, just like that. Right, guys?“ Er blickte in die Runde seiner Mit-Ausflügler. Die nickten nur stumm.
„So I thought I'd better pick him up and get him back to the camp. There was nothing we could do for him out there“, fuhr mein schöner Doc Bollywood fort.
Er hatte Danilo den ganzen weiten Weg hierher geschleppt! Ich meine, okay, sehr viel wiegt der untergroße Italiener bestimmt nicht, aber trotzdem ... Nicht schlecht.
„He's breathing“, sagte ich, nachdem ich mein Ohr ganz nah an Danilos Mund gelegt und nach seinem Handgelenk getastet hatte. „His **pulse** is okay, too. Weak, but okay.“
„We'd better get him some water“, schlug Lisa vor. Geena rannte los und kam tatsächlich kurz darauf mit einem Glas Wasser wieder.

pulse Puls

In der Zwischenzeit hatte Danilo sich zum Glück wieder zu regen begonnen. Seine Augen wirkten immer noch total matt und benommen, aber er hob mühsam einen Arm und deutete auf seinen Rucksack, mit den Lippen tonlose Wörter formend.
Chris packte den Rucksack, wirbelte ihn einmal herum und ließ den gesamten Inhalt auf den Boden prasseln. „Okay, what do you need?“
Danilo zeigte keuchend auf eine Coladose. Aber die war leer! Genau wie alle anderen Dosen, die jetzt auf der Erde verstreut lagen. Wieso schleppte er leere Dosen mit sich herum? Ich überlegte. Klar, wahrscheinlich hatte er sie unterwegs ausgetrunken und wollte sie nicht in die Gegend schmeißen und die Natur verschandeln. Aber was wollte er denn jetzt mit einer leeren Dose?

„Maybe he needs something to drink that isn't water?", mutmaßte Lisa. „Something sweet?"
Das musste es sein! Ich stürzte in die Zeltküche und holte ihm eine volle Coladose. Fünf Minuten später war Danilo schon wieder einigermaßen ansprechbar. Viel wollte er allerdings nicht sagen. Nur dass er wohl unterzuckert war.
Unterzuckert? Ich hatte keine Ahnung gehabt, dass Danilo Diabetiker war! Komisch, dass der sonst so gewissenhafte Danilo gerade bei der Affenhitze heute nicht alles dabeigehabt hatte, was man da so braucht – Traubenzucker, Insulin, Tabletten, was weiß ich! Er hatte doch sonst alles Mögliche mit rumgeschleppt, warum dann nicht auch so was?
„I didn't know that something like this could happen so fast", murmelte Chris nachdenklich. „I always thought it took some time for your body to **react** so badly to a sugar **deficiency**."
„We had no idea that he was **diabetic**, anyway", sagte Tony. „He never said anything about it. Otherwise we would have kept an eye on him, of course."
Danilo schoss ihm einen komischen Blick zu. Was sollte das denn? War es ihm peinlich, dass er zusammengebrochen war und Tony – ausgerechnet Tony – ihn gerettet hatte? Hatte er sich überanstrengt und die Unterzuckerung zu spät wahrgenommen, weil er sich vor den anderen Jungs keine Blöße geben wollte?

to react reagieren
deficiency Mangel
diabetic Diabetiker(in)

Wie auch immer – Danilo weigerte sich wie gesagt, Näheres zu den Vorkommnissen des Tages zu sagen.

„Some things aren't what they seem", zischte er nur finster in meine Richtung.
Darauf konnte ich mir nun überhaupt keinen Reim machen. Vielleicht war er ja immer noch nicht so ganz bei sich und redete wirr?
Na, Hauptsache, er war wieder einigermaßen wohlauf.
Erleichtert stand ich auf und schob mich auf Tony zu. Der war mittlerweile von der üblichen Mädchenmeute umringt – aber wenn er so tapfer gewesen war, Danilos Leben zu retten, musste ich doch wenigstens auch mutig genug sein, ihn anzusprechen.
„Thank you for what you did", sagte ich. „You can be very proud of yourself. I guess this is what they call a **heroic deed**."
Kelly, die sich bis auf zwei Millimeter an Tony rangeschmuggelt hatte, wieherte sofort los. „Isn't that cute? Poor Jessica, you were sooo worried, weren't you? And now you'd like to express your **gratitude** to the **savior** of your **Pimply** Prince!"
Die anderen Mädchen gackerten mit, aber dieses eine Mal war es mir komplett wurscht. Wichtig war nur, was Tony getan hatte – und wie er auf mein Dankeschön reagieren würde.
Er schlug die Augen nieder, die Sache war ihm sichtlich unangenehm. „It was nothing – I only did what anybody else would have done. He needed help, and I helped him, that's all. I'm no hero."
Wie süß, bescheiden war er auch noch! Ich verliebte

heroic deed Heldentat
gratitude Dankbarkeit
savior Retter(in)
pimply pickelig

mich auf der Stelle noch eine Stufe tiefer, wenn das überhaupt noch möglich war.
Und jetzt sitze ich hier und schwelge immer noch. Und träume. Vielleicht bringt der heutige Tag ja doch auch eine Wende, was Tonys Verhalten mir gegenüber angeht? Man soll die Hoffnung ja nie aufgeben ...

Montag,
8. AUGUST,
17 Uhr 53

Wetterlage: sonnig-warm, aber zum Wal-Unglück leider ziemlich windig.
Fauna-Sichtungen: zwei Finnwale, eine Delfinschule, ein Buckelwal in Nöten.
Sozialstatus: Wen interessiert der in solch aufgewühlten Zeiten?
TdT: Emergency Boom. Oder: Where's George Clooney when you need him?

Man soll die Feste feiern, wie sie fallen, heißt es, aber im Moment fallen sie wirklich ganz schön feste. Erst Danilo mit seinem Unterzucker-Schock (ja, es geht ihm schon wieder bestens), und jetzt das!

Im Grunde kann ich aber nur sagen: Wow, wow, wow! Ich durfte einer Wal-Rettung beiwohnen! Ein Hammer – aufregender geht's nicht!

Pete, Betty, Danilo und ich waren heute Vormittag zum Bootsdienst eingeteilt, und anfangs ging alles seinen gewohnten Gang: Die Touris lauschten gebannt den Ausführungen von John, der heute wieder Biologe vom Dienst war, die See war ziemlich rau, aber die Sicht sehr gut, zwei Finnwale und eine große Delfinschule ließen sich bereitwillig bewundern und fotografieren.

Aber dann der Schock: ein Hummerfischer – man sollte es nicht glauben! Aber hier sind zum Glück selbst die Fischer walfreundlich eingestellt – meldete per Funk einen Buckelwal, der ein großes Stück Nylonnetz und Seil hinter sich herschleifte. Er erklärte sich bereit, so lange in der Nähe des Tieres zu bleiben, bis ein größeres Boot übernehmen konnte.

Und der Knaller: Unsere *Enola Gray* war am nächsten dran, sollte also mit Fullspeed zum Fundort eilen und dort ausharren, bis die Leute vom Provincetown Center for Coastal Studies, kurz PCCS, eintrafen.

due to wegen
unexpected unerwartet
course Kurs
secure (ab)sichern
spot *hier:* Stelle
delicate *hier:* heikel
understanding Verständnis
in advance im Voraus

„Ladies and gentlemen, may I have your attention please“, sagte John ins Mikrofon, nachdem Captain McFlye ihn hastig über die Programmänderung informiert hatte. „**Due to** an **unexpected** whale emergency we have to change our **course** immediately. We have been informed that an entangled humpback has been sighted not far from here, and as we're the nearest boat we have to **secure** the **spot** and make sure the whale doesn't disappear before the whale rescue crew arrives.“

Aufgeregtes Gemurmel unter den Passagieren.

„This is an extremely **delicate** situation“, fuhr John fort. „We have to ask for your **understanding**. Nobody really knows how badly the animal is entangled and how long it will take until the rescue vessel arrives. This could mean that your trip will last much longer than you expected, for which I'd like to apologize **in advance**. But on the other hand you're about to have a unique experience. You will see with your own eyes one of the whales we've just been talking about in **immediate** danger, and the authorities **responsible** making every attempt to save the animal. Thank you for your **patience**; I'll keep you informed about everything that happens."

Es dauerte nur ein paar Minuten, bis wir an der Unglücksstelle angekommen waren. Aaaah, was für ein grauenhafter Anblick! Der arme Buckelwal war mehrfach in ein Netzseil gewickelt, pflügte aber trotzdem verzweifelt durchs Wasser. Unser Boot löste den Fischkutter ab und versuchte, mit einigem Abstand dem Wal zu folgen, damit er nicht außer Sicht geriet.

„We're very lucky to have the Disentanglement Network here in North America", erklärte John. „It **includes** individuals but consists mainly of organizations from the US and Canada which **patrol** the waters where whale entanglements might **occur**. They know about the kind of fishing **equipment** the animals can become entangled in; they are able to report and **document** entangled whales, and they may even help in their rescue. **So-called** First **Response** Teams are located at **strategic sites**, such as feeding and **calving grounds** and/or areas where there have been entanglements."

„And how long does it **normally** take until they arrive?", fragte ein Mann, aber

immediate unmittelbar
responsible verantwortlich
patience Geduld
to include einschließen
to patrol patrouillieren
to occur vorkommen
equipment Ausrüstung
to document dokumentieren
so-called sogenannt
response Antwort; Reaktion
strategic site strategisch wichtiger Ort
calving grounds *Gebiete, wo die Jungen zur Welt gebracht werden*
normally normalerweise

der Fahrtwind und der Lärm an Bord waren so laut, dass John ihn nicht hörte.
„As far as I know", schaltete ich mich vorsichtig ein, „there are a lot of these response teams along the East Coast, so it shouldn't take too long. They also have special disentanglement equipment, so they could try a rescue themselves if they think the **conditions** are right. Otherwise they can **attach** a **tag beacon** to the entangled whale so that it doesn't get lost, and then wait for the **proper** rescue team to arrive."
Erst als ich fertig war, wurde mir klar, dass ich gerade vor mindestens fünfzehn um mich gescharten Leuten gesprochen hatte! Ich hatte erwachsenen Leuten etwas über Wale erklärt, und das auch noch freiwillig – ich, die ich vor einem Schulreferat vor Aufregung mindestens drei Nächte nicht schlafen kann!
„Here they come already!", rief John und deutete auf ein Schnellboot, das sich von steuerbord näherte.
Keine zehn Minuten später hatte das Erste-Hilfe-Team den Wal zweimal umkreist, um sich einen Eindruck von der Schwere der Verhedderung zu verschaffen. Da es mit unserem Boot in direktem Funkkontakt stand, konnte John uns jederzeit auf dem Laufenden halten, was die neuesten Entwicklungen betraf.
„Marine mammals all around the world always **run the risk of** coming in contact with marine **debris** and lost or still active fishing gear. Marine debris includes a large **variety** of materials that

conditions Bedingungen
to attach anbinden, befestigen
tag beacon Markierung
proper zuständig; richtig
to run the risk of doing sth Gefahr laufen, etwas zu tun
debris Abfall
variety Vielfalt

have got lost in storms or been **disposed of improperly**. **Fixed** fishing **gear** like **gill nets** are **anchored** in a particular spot and **retrieved** soon afterwards. In this short **period of time**, though, it's possible for species not **targeted** by fishermen – like turtles, birds or marine mammals – to get caught accidentally."
„Isn't this absolutely awful?", raunte Danilo mir zu.
Ich nickte nur stumm, den Blick auf den Buckelwal gerichtet.
„When a whale becomes entangled in fishing gear", erzählte John weiter, „its normal **breathing** and **movement** may be **impaired,** or even stop completely. Even if the animal manages to struggle free, parts of the gear may remain attached to its body for a long time. This **prevents** the animal from behaving normally, and can also **lead** to bad infections and deformations.
The First Response Team just informed us that this humpback whale has two fishing lines **wrapped** around its upper jaw, under its body and around its flukes. From one fluke the line is attached to heavy gear down on the sea floor. The whale, which our captain thinks he has identified as Annie, a **mature** female, is moving **rather** slowly. I'm afraid the situation is definitely **life-threatening**. This isn't going to be an easy rescue, especi-

to dispose of sth etwas entsorgen
improperly regelwidrig
fixed befestigt
gear Zubehör
gill net Wandnetz
anchored verankert
to retrieve herausfischen
period of time Zeitspanne
to target sth auf etwas (ab)zielen
breathing Atmung
movement Bewegung(sfreiheit)
impaired beeinträchtigt
to prevent hindern
to lead führen
wrapped gewickelt
mature reif; voll entwickelt
rather etwas
life-threatening lebensbedrohlich

ally with these rather **rough** weather conditions. The team has decided to attach a **buoy** to the entangled gear and wait for the proper rescue boat, which has special equipment on board."

Innerhalb kürzester Zeit hatte das Team ein Spezialseil abgeschossen, an dessen Ende die Boje war, die am Netz befestigt werden sollte. Es brauchte aber gleich vier Versuche, bis das Ding richtig saß, denn die Sicht war zwar gut, aber der Wellengang machte den Rettern doch ziemlich zu schaffen.

Zum Glück mussten wir – und vor allem der immer erschöpfter wirkende Wal – nicht allzu lange warten, bis das große Rettungsschiff eintraf.

Ich war schon ziemlich geknickt, weil ich dachte, jetzt, wo die da sind, müssen wir ja wieder abziehen und dann kriege ich die eigentliche Rettungsaktion gar nicht mit. Aber dann fragte John die Passagiere, ob sie damit einverstanden wären, dass wir uns das seltene Schauspiel aus einiger Entfernung weiter ansahen, und die meisten stimmten sofort begeistert zu.

„I'm really happy to see you show so much interest in the animals we're trying to protect and rescue here. This is a really great **reward** for our daily work and **struggle**. I'll try to **comment on** and explain to you every step the rescue team takes. First of all they're going to **launch** a small **inflatable boat** which will hopefully be able to approach the whale much better than the big boat can."

rough rau; stürmisch
buoy Boje
reward Belohnung
struggle Kampf
to comment on sth einen Kommentar zu etwas abgeben
launch aussetzen
inflatable boat Schlauchboot

Erstaunlich, wie schnell das Schlauchboot zu Wasser gelassen wurde – ganz klar, die Leute vom Rettungsteam arbeiteten Hand in Hand und machten das Ganze eindeutig nicht zum ersten Mal.
Und erstaunlich auch, dass der Wal mittlerweile viel langsamer geworden war. Ging ihm die Kraft aus oder spürte er, dass ihm geholfen werden sollte? Ich beschloss, an die zweite Variante zu glauben.
„The next thing the **rescuers** will do is to try and attach one or two big buoys to the entanglement so that the whale is kept close to the **surface**. This makes their work much easier, as nobody could follow the animal into the **depths** if it decided to dive. Using a **grappling hook** they're now attaching a working line to the fishing lines. They can use this working line to pull themselves up towards the whale. And now – here comes the first buoy. Yes! Did you see that? The first buoy, a red one, is already attached! Wow, and here they go again. Second buoy! No, this time they have to try again. Aaand … yeah! The green buoy has also been attached. Now – everything seems to be going quite well. Let's hope it continues like that."
Als hätte er meine Gedanken von vorhin gelesen, raunte Danilo mir zu: „Isn't it **amazing** that the whale isn't even trying to fight against the people in the boat? She could kill them with a single stroke of her tail fluke, even though she's entangled. It's almost as if she **senses** that they want to help her."

rescuer Retter(in)
surface Oberfläche
depths Tiefe
grappling hook Enterhaken
amazing erstaunlich
to sense spüren

Ich lächelte ihn an, ohne den Blick vom Geschehen abzuwenden. „Yes, that's exactly what I thought only a few seconds ago."
Pete hatte, wie immer bei seinen Bootseinsätzen, die Kamera vor dem Auge und knipste wie wild einen Film nach dem anderen voll. So etwas wie das hier würde ihm so schnell nicht wieder vor die Linse kommen.
„The whale's general condition seems to be quite good", fuhr John fort, „but there are some bad scars on her body which show that she must have had some contact with fishing lines or other gear in the past. And one of the lines she's entangled in now is quite deeply **embedded** in her skin. It will be particularly important to **remove** this part of the entanglement."
Einer der beiden Männer im Schlauchboot brachte ein langes, starres Ding in Anschlag, das ziemlich gefährlich nach Harpune aussah, aber in Wirklichkeit ein Hakenmesser sein musste, mit dem er die Seile durchschneiden wollte.
„Now it's getting serious", verkündete John und selbst durch das Mikrofon hörte man, wie seine Stimme vor Aufregung zitterte. „**Keep your fingers crossed**, ladies and gentlemen. The rescue team will use a **hook-shaped** knife at the end of a long **pole** to cut the first line near the animal's jaw. Wow! They've started!"
Was sich erst so langsam angelassen hatte, lief jetzt, da der Höhepunkt der Aktion erreicht war, plötzlich ganz schnell ab. Die Besatzung des Schlauchbootes arbeitete sich, auf den Wellen auf und ab hüpfend, von

embedded eingebettet
to remove entfernen
Keep your fingers crossed. Drücken Sie die Daumen.
hook-shaped hakenförmig
pole Pfahl

einem Netzseil zum nächsten, schnitt hier, schnippelte da, bis letztlich alles, was den Wal behinderte – sogar das Stück Seil, das richtig fies ins Fleisch einschnitt –, von dem Tier abfiel.
Von der Last befreit, prustete die Buckelwalkuh noch einmal durchs Atemloch und tauchte dann ab. Ein Chor begeisterter Jubelschreie begleitete sie und ich muss zugeben, ich hätte vor Freude direkt heulen können. Ja, ja, jaaaa! Für solche Augenblicke ... genau dafür würde ich Meeresbiologin und Walforscherin werden.
Seit der ersten Notrufmeldung waren zweieinhalb Stunden vergangen. Jetzt sammelte die Schlauchbootbesatzung die auf dem Wasser treibenden Seile und Bojen wieder ein und das Rettungsschiff verließ schließlich den Ort des Geschehens. Auch unsere *Enola Gray* nahm schnell Kurs auf den Heimathafen. Der Captain würde dort die Touristen, die sich zur geplanten Nachmittags-Ausfahrt eingefunden hatten und vergeblich hatten warten müssen, erst mal vertrösten und ihnen alles erklären müssen.
Und jetzt sitze ich hier im Zelt, habe den ganzen Tag fast nichts gegessen und bin so erledigt, dass ich mir nicht mal mehr vorstellen kann, nachher beim Abendessen die Gabel heben zu können. Aber das war's mir eindeutig wert! Der Tag war der absolute Hammer!

Donnerstag, 11. AUGUST, 13 Uhr 47

*Wetterlage: rosa Wölkchen allerorten *träller*.*
Fauna-Sichtungen: ausnahmsweise mal uninteressant.
Sozialstatus: Grün, grün, grün sind alle meine Neider ...
TdT: Zelt der Zärtlichkeit.

Könnte mich mal jemand kneifen, bitte? Das muss doch alles ein Traum sein! Erst das Wahnsinnserlebnis der Walrettung und jetzt ... das!
Aber mal ganz langsam, zum Mitschreiben, sozusagen. Es fing damit an, dass im Camp mal wieder eins dieser dämlichen Spielchen anstand. Dass sich nachts immer mal wieder irgendwelche Pärchen „länderübergreifend“ zum Knutschen in die Büsche schlugen oder hinter dem Zelt heimlich geraucht wurde – das gab's hier schon öfter. War mir auch immer piepegal – jedenfalls solange ich davon ausgehen konnte, dass nicht Tony die eine Hälfte der Knutschduette sang – und ich hatte es bisher immer geschafft, mich aus all den Infantilo-Initiativen rauszuhalten.
Aber nachdem Kelly und ihre Bitches of Eastwick sowieso schon schlecht auf mich zu sprechen waren, weil ich diese Walgeschichte hautnah miterlebt hatte, dachte ich, vielleicht sollte ich doch mal aus mir beziehungsweise meiner Isolation rausgehen und ausnahmsweise mitspielen. Neider machen schließlich Leu-

te und ich sollte die Meute vielleicht nicht noch weiter gegen mich aufhetzen. Ich war ja schon ganz positiv überrascht, dass die Mädels – oder zumindest Geena – mir überhaupt was davon erzählten, was sie vorhatten.
Der Plan: Mädchen überfallen nachts das Jungszelt und starten somit eine Spontan-Pyjamaparty. So weit, so harmlos.
Ich kramte also meinen hübschesten und dennoch hochgeschlossensten Schlafanzug raus (schließlich bestand ja die Gefahr, dass Tony mich in dem Nachtgewand sehen würde, und da wollte ich weder zu freizügig noch zu bieder wirken) und watschelte frierend hinter dem Mädchenpulk her, als der sich heimlich, still und leise – na ja, streiche „still und leise", Lisa und Chris müssen echt einen Murmeltierschlaf haben – auf den Weg zum Jungszelt machten.
Kaum dort angekommen, riss Kelly mit einem schrillen Schrei den Reißverschluss auf und die ganze Weibertruppe fiel über die ziemlich dümmlich aus der Wäsche guckenden Jungs her. Im besten Bemühen, nicht aufzufallen, stürzte ich hinterdrein.
Es dauerte keine zwei Minuten und die Party war voll im Gange. Erstaunlich, wie schnell Jungs wach werden können, wenn sie nur den richtigen Anreiz haben, dachte ich. Sogar Danilo setzte sich ruckartig auf und harrte grinsend der flatterhaften Nachtgewänder, die da kamen. Keine Ahnung, woher die Bacardi- und Coladosen plötzlich auftauchten, die nun die Runde machten, und auch etliche Zigarettenpackungen wurden aus mysteriösen Quellen hervorgezaubert.

Es dauerte allerdings auch keine weiteren zwanzig Minuten, bis die Party gesprengt wurde. Offenbar war der Schlaf der zwei Campleiter dann doch nicht so tief und traumlos gewesen.
„Oh, **shit**! Chris and Lisa are coming!“, meldete Betty, die von Kelly als „**sentry**“ an den Zelteingang abkommandiert worden war.
Sofort mutierte das Zelt zum Panicroom und die Situation zum Chickenrun, denn die Mädels rannten wie hysterische Hennen kopflos durcheinander. Von Rauch- und Nebelschwaden am Durchblicken gehindert, hechtete auch ich einfach irgendwohin und tauchte unter eine Decke ab.
„What the heck is going on here?“, donnerte da auch schon Chris' Stimme durchs Zelt. „This is meant to be an **environmentalists**' camp for people with a serious interest in marine mammals, not a **teen dating agency**!“

shit Scheiße
sentry Wache
environmentalist Umweltschützer(in)
teen dating agency Kontaktagentur für Teens
accordingly entsprechend
to reward belohnen
punishment Strafe

„Up to now we thought you were mature young people, and we've treated you **accordingly**“, schaltete sich auch Lisa ein. Sie klang total enttäuscht. „And *this* is how you **reward** us, and our efforts to provide you with a unique experience that thousands of other teenagers would give their right arms for?“
„Game over!“, polterte Chris. „I want all of you to come out right away, one by one, so that I can see who you are. Kelly! No need to try and hide. Get out of here and into the girls' tent immediately. We'll have to think of a **punishment** tomorrow. I'm really angry, I'm telling you

– **not least** because you're making me **tell you off** like silly little kids."
Eins nach dem anderen tapsten die Mädchen wie begossene Pudel an Chris und Lisa vorbei und Chris schien sich die Namen der Delinquenten innerlich sehr penibel zu notieren.
Ein bisschen übertrieben fand ich das Ganze aber schon, wenn ich ehrlich sein soll – hey, wir sind immerhin alle mindestens fünfzehn, und das hier sollte eine Pyjamaparty werden, keine Orgie mit ungezügeltem Drogenkonsum. Denke ich jedenfalls.
Ich wollte gerade aufstehen, da spürte ich plötzlich, wie sich ein männliches Bein über mich legte und mich nach unten drückte.
„Ssssh", zischte mir eine Flüsterstimme zu. „Keep quiet and don't move."
Selbst wenn ich gewollt hätte – unter dem Wust aus Decken und dem Gewicht des Beins wäre ich so schnell nicht rausgekommen. Also hielt ich zwangsläufig die Klappe und versuchte, mich damit abzulenken, dass ich mir neue Filmtitel-Wortspiele ausdachte – „Gesprengte Betten" hätte ja zum Beispiel super zur aktuellen Lage gepasst.
Als alle Mädchen draußen waren, wandte sich Chris noch einmal an die Jungs. „You lot are no better than the girls. But we'll talk it all over tomorrow. And don't expect it to be a nice conversation or a happy day. Good night!"

not least
nicht zuletzt
to tell sb off
jdn anschnauzen

Auch noch Minuten nachdem die Geräusche draußen verstummt waren, herrschte im Jungszelt beklommene

Stille. Ich hatte keine Ahnung, wie viele Mädchen außer mir unentdeckt geblieben waren oder wie es jetzt weitergehen sollte.
Gerade als ich schon fürchtete, unter den muffigen Decken ersticken zu müssen, drang ein Flüstern an mein Ohr und das schwere Bein wurde von mir gehoben. „Everything okay down under?"
Oh mein Gott! Es war Tony! Ich war im Durcheinander ausgerechnet neben Tony gelandet – unter Tonys Decke, unter Tonys Bein!
„Hm-hm", brachte ich nur heraus, vor Panik und Aufregung wie gelähmt.
Eine Hand hob die Decke von meinem Gesicht. Tonys Grinsen tauchte über mir auf. „Oh, it's you! What a nice surprise!"
Ich versuchte, mich aufzurappeln. „Erm … I think I'd better go now … "

sth was meant to be etwas war vorherbestimmt

„Oh, come on!", kam der gezischte Protest. „Isn't this the most exciting thing you've ever done? I'm sure it wasn't an accident that you ended up here – under my blanket, of all blankets! You and me … don't you think this was **meant to be**?"
Ich war völlig von den Socken. Wollte er damit etwa andeuten, dass er sich freute, dass ich … ich meine … hier so neben ihm zu liegen, Seite an Seite, unter den kuscheligen Decken, im Dunkeln … mir wurde ganz heiß und kalt zugleich und das lag nur zum Teil am Reiz des Verbotenen.
Tonys Gesicht war nur noch Zentimeter von meinem entfernt. Aber so leicht wollte ich mich nicht einlullen

lassen. Nach all den Tagen, an denen Tony mir nur die kalte Schulter gezeigt hatte, fing er plötzlich wieder an, mich anzuflirten?

„I ... I thought you didn't want ... I mean ... you were so cold to me since our trip to the supermarket ..."

„Aaah, poor little Jezebel", sagte er und strich mir mit einem Finger sanft über die Wange. „I'm sorry, I didn't mean to hurt you. I only wanted to make sure the others didn't **tease** you. I mean, I noticed that you're not very popular with the other girls, and **as far as the boys are concerned** ... You know ... after what happened at the welcome party ... I thought if they saw us holding hands or kissing or stuff ... I didn't want them to think you were a **loose woman** or something."

Sein Atem duftete süßlich, wie eine Mischung aus Erdbeeren und Patschuli, und seine Augen funkelten im schwachen Lichtschein, der von der Camp-Laterne durch die Zeltwand drang, wie schwarze Perlen. Ich konnte nicht aufhören, auf seine Lippen zu starren, die ich am liebsten auf der Stelle geküsst hätte.

„Because ... for me, this is ... this is serious, **honey**", wisperte er weiter. „This isn't just a holiday **affair**. You know, I don't like using big phrases, but ... I think I'm in love with you, Jezebel. I really am."

Und dann küsste er mich. Einfach so.

Jaaaahre hatte ich damit zugebracht, mir vorzustellen, wie er sein würde, mein allererster Kuss, und mir Sorgen

to tease hänseln
as far as the boys are concerned was die Jungs angeht
loose woman eine Frau, die es mit der Moral nicht so genau nimmt
honey Süße
affair Affäre, Verhältnis

darüber zu machen, ob ich mich nicht zu blöd anstellen würde und so weiter. Und jetzt war er plötzlich da, mein allererster Kuss, und er fühlte sich einfach ... gut an. Warm und gut und irgendwie ... normal. Weder zog es mir die Schuhe aus noch stellte ich mich blöd an, es war einfach alles ... okay. Wie es sein sollte.

Mein ganzer Körper kribbelte vor Aufregung und ich hätte noch stundenlang weiterküssen mögen, aber dann schoss mir ein beunruhigender Gedanke durch den Kopf und ich löste mich widerstrebend von Tonys weichen Lippen.

„But what about the boys *now?* What will they say now that we're ... we're kissing and ... They're all here in the tent, they must have realized what we're doing."

„Don't worry, I'm sure most of them have already **fallen asleep**", raunte Tony mir ins Ohr. „It feels so good to kiss you ... I think I could **get used to** it. Did anyone ever tell you what a good kisser you are?"

to fall (fell, fallen) asleep einschlafen
to get used to sth sich an etwas gewöhnen

Da musste ich doch kichern. „No, actually, no one ever did."

Oh Gott, fiel mir wieder siedend heiß ein – was, wenn außer mir noch andere Mädchen hier im Zelt waren und das Ganze mitbekamen?

Tony beugte sich wieder zu mir herunter und küsste mir die unausgesprochenen Bedenken weg. Dann hauchte er mir einen Kuss auf den Hals, sodass ich erschauerte. Und als er schließlich auch noch an meinem Ohrläppchen zu knabbern begann und mir lauter süße Sachen ins Ohr säuselte, schwanden mir langsam echt die Sinne.

Boah, hört sich das alles nicht megakitschig an? Mein Hirn scheint so Hormon-umnebelt zu sein, dass ich nur noch abgedroschene Plattheiten rausbringe.
Ihr lieben Kinder und Kindeskinder mein, die ihr vielleicht in vielen Jahren meine Tagebücher lesen werdet – nein, eure Ahnin war keine hirnamputierte Schmalztrieftante. Sie war nur ... na ja, einfach monstermäßig verliebt. Werdet ihr erst mal fünfzehn und verknallt euch Hals über Kopf, dann werdet ihr schon sehen, wie das ist!
Hmpf, vielleicht sollte ich meine Tagebücher später lieber verbrennen.
Jetzt gehe ich jedenfalls erst mal in die Stadt, ich muss doch Estella alles erzählen!

IM INTERNETCAFÉ, *fünfundvierzig Minuten später*

Estella: Triple-WOW! So everything is perfect now! Your wildest dreams have come true. Congratulations!
Ich: Thank you. This is so awesome! I'm definitely the happiest girl in the world.
Estella: How long did the kissing go on? Did you get any sleep at all last night?
Ich: I don't know for sure; I lost all sense of time. But it can't have been too long, because when I **sneaked** back to our tent most of the girls were still

to sneak *hier:* sich schleichen

awake wach
incident Vorfall
to wallow schwelgen
memory Erinnerung
discovered entdeckt
ill-disposed übel gesinnt
to give a damn sich über etwas Gedanken machen
witch-hunt Hexenjagd
I wouldn't put anything past her. Ich würde ihr alles zutrauen.
to show one's true colors Farbe bekennen
crack of dawn im Morgengrauen

awake and talking about the **incident** and what punishment Chris would think up. And of course afterwards I lay awake the rest of the night and **wallowed** in the **memory** of Tony's kisses.

Estella: *smile* Sounds like you've got it bad, girl. And you really were the only one who wasn't **discovered** in the boys' tent?

Ich: Unfortunately, yes. Which made Kelly's bunch quite **ill-disposed** towards me, as you can imagine.

Estella: So what? They haven't exactly been nice to you up to now, anyway, so why **give a damn** about them?

Ich: I guess you're right, but I must confess I *am* a little nervous about what may happen when they find out about Tony and me ... I hope they don't start a **witch-hunt** because he chose me. **I wouldn't put anything past** Kelly if it comes to what *she* wants to have and *someone else* finally gets!

Estella: So he hasn't **shown his true colors** yet? He would have had enough time this morning, wouldn't he?

Ich: No, I'm afraid he hasn't had a chance yet to show that he's my boyfriend now. Chris woke us up at the **crack of dawn** and announced what he and Lisa had decided would be our punishment.

Estella: But they didn't catch *you*! Why did you get punished as well?

ICH: Well, they actually told me I didn't have to do what the other girls were forced to, but I had too **guilty** a **conscience** to avoid everything. After all, I *had* joined the party and it was only luck that they didn't discover me between the **sheets**. ;-)

ESTELLA: Okay, I see your point. And what did the punishment consist of?

ICH: Mostly cleaning, cleaning & cleaning. Chris ordered everything in the camp to be **scrubbed** and every **particle of dust** removed. 'I want every **blade of grass** within a radius of one mile to be **spick and span**!', he said. We're also not allowed to go whale-watching for two whole days and can't leave the camp without a special **permit**. But in my case it wasn't difficult to get Lisa's permission to go into town. I just *had* to talk to you!

ESTELLA: Okay, so you've got your **Drop-Dead**-Dreamboy now. But what happens when you go back home?

ICH: Don't **remind** me of that! Only one more week – one more week of kissing Tony, one more week of watching whales …

ESTELLA: I guess you're afraid your **relationship** won't last long once you're home again. London – Hamburg … that's a bit more than a **stone's throw**, after all.

ICH: Yes. *sigh* I can't **bear** to think about it. But I do hope our love will be strong enough to survive. Of course I'm

guilty conscience schlechtes Gewissen
sheet Bettlaken
scrubbed geschrubbt
particle of dust Staubkörnchen
blade of grass Grashalm
spick and span blitzblank
permit Genehmigung
drop-dead zum Sterben (schön)
to remind sb of sth jdn an etwas erinnern
relationship Beziehung
stone's throw Katzensprung
to bear ertragen

************ Stadtbücherei Pulheim ****************

A U S L E I H E

00002[illegible] xx

nr, Doris

09.2007, 10:30:18 Uhr, Ausleihe

igstelle: Pulheim

****

3051053 / Kinderbuch/5.1/Low   Fristende: 04.10.2007

owry, Lois: Anastasia verliebt noch mal

3038315 / Kinderbuch/5.1/Low   Fristende: 04.10.2007

owry, Lois: Anastasia voll im Stress

zahl entliehener Medien: 2

****

afraid of what a long-distance relationship may mean, but I'm ready to give it a chance.

ESTELLA: Well, now that I think about it ... Maybe you shouldn't worry too much about it yet. First things first. You know what they say: Carpe diem! Just enjoy what's left of your Happy Holiday and afterwards ... we'll see. Everything will **work out** well if both of you really want it to. And now you'd better go back to your **forced labour**! *harhar*

ICH: **Aye aye**, you **slave driver**! *lol* And I've got plenty to laugh about now Tony and I are a couple ... Bye, Estella! *dancing happily*

to work out klappen
forced labour Zwangsarbeit
Aye aye! Jawohl!
slave driver Sklaventreiber

Freitag, **12. AUGUST,** 21 Uhr 57

Wetterlage: Who cares?
Fauna-Sichtungen: Heute ist sogar das völlig irrelevant.
Sozialstatus: Wenn ich das wüsste!
TdT: Romeo Must Lie – But Which One?

Buhuhuuu, jammer, jammer ... Dabei hatte ich jetzt fest damit gerechnet, dass Tony und ich die wenige verbleibende Zeit dazu nutzen, „Und täglich küsst das Murmeltier" zu spielen ...
Aber nein! Klein-Jessie ist mal wieder aus allen Wolken geplumpst (autsch!). Weil Groß-Tony nämlich nicht nur keine Küsse mehr haucht, sondern sie auch wieder keines Blickes mehr würdigt. Das gibt's doch einfach nicht! Diese Versteckspielchen sind einfach nur bescheuert! Und die Ausrede, er wolle mich nicht kompromittieren, zieht nun wahrlich auch nicht mehr. Was wäre denn für mich so furchtbar rufschädigend, wenn die anderen jetzt wüssten, dass er und ich ein Paar sind?
Ich versteh echt die Welt nicht mehr.
Ich meine, ich verlange doch gar nicht so viel, oder? Nix von wegen „Der heiße Hai – Brodelnde Erotik am Strand" oder so. Und er muss mich auch nicht gleich vor den Traualtar führen, Gott bewahre! Mit ein paar Küssen und ein bisschen Händchenhalten und Anleh-

nen täglich wäre meine Seele schon restlos abgefüttert und glücklich.
Aber da kommt *nichts*! Den ganzen gestrigen und heutigen Tag hab ich Tony kaum zu Gesicht bekommen. Die meiste Zeit verkrümelt er sich ins Jungszelt, und wenn er einer Begegnung so gar nicht aus dem Weg gehen kann – zum Beispiel bei den Mahlzeiten –, dann wendet er krampfhaft den Blick ab oder dreht mir den Rücken zu.
Ich hab schon überlegt, ob ich ihn nicht mal alleine abpassen und zur Rede stellen soll. Aber das scheitert ja schon am Alleinabpassen – er sorgt nämlich immer dafür, dass er mindestens drei Mann im Schlepptau hat (oder noch schlimmer: drei mannstolle Weiber) – und ihn vor Publikum anzusprechen, fände ich dann doch zu peinlich. Ein bisschen Stolz hat frau dann doch noch ...
Also herrscht hier Funkstille, kein Blick, kein Wort, keine Geste, niente. Auf dem Friedhof der Muscheltiere, ganz tief auf dem Meeresgrund, könnte es auch nicht stiller und trostloser sein.
Was Danilo mir dann heute gesteckt hat, hat auch nicht gerade dazu beigetragen, meine Laune zu verbessern, obwohl ich mich nach wie vor weigere, ihm zu glauben.
„It's not working out the way you hoped it would, right?", begann er, als wir nach dem Essen gemeinsam zum Tischabräumen eingeteilt waren.
„What do you mean?" Ich beschloss, erst mal ganz unschuldig zu tun.
„Oh come on!" Danilo seufzte. „You didn't think your **nocturnal smooch** with

nocturnal nächtlich
smooch Schmusen

Tony went **unnoticed**, did you?" Ich tat so, als müsste ich eine Gabel aufheben, und tauchte unter den Tisch ab, um mein hochrotes Gesicht zu verstecken. „You were **smacking your lips** and talking so loudly nobody could possibly *not* have heard you!"

„I thought you were all asleep already!"

So viel also zum Thema guter Ruf ...

Danilo prustete vor sich hin. „Of course all the guys **pretended** to be asleep. They didn't want to miss the show."

„Oh my ... now I'm really embarrassed! ... If I'd known you were awake I would never have ... I mean, what do the boys think of me now?"

unnoticed unbemerkt
to smack one's lips schmatzen
to pretend vortäuschen
proof Beweis
in case für den Fall

„Don't worry about that. You're not the first one."

„What do you mean – not the first one?" Meine Stimme hörte sich selbst für mich ziemlich hysterisch an.

„Well ..." Das Ganze schien jetzt auch Danilo unangenehm zu sein. „There were other girls in our tent on other nights ... with Tony."

„No! I don't believe one word you're saying!"

„Okay then, don't. I can't give you any **proof**. But I thought I should tell you everything **in case** you have high hopes now ..."

„Of course I have high hopes! He kissed me, after all, and he said he's in love with me."

Danilo starrte verlegen auf seine Schuhspitzen. „Did he also say: ‚It feels so good to kiss you ... I think I could get used to it. Did anyone ever tell you what a good kisser you are?'"

Ich starrte ihn, wie vom Blitz getroffen, an. Hatte Tony

das wirklich auch schon zu anderen Mädchen gesagt? Oder hatte Danilo nur ... „You only know that because you **eavesdropped** when Tony and I were talking!", fegte ich ihn an.
„I'm afraid you're wrong", sagte Danilo leise. „And it's not only from the girls who've been in the tent before ... He's always **boasting** about being kind of ... **irresistible**, you know. 'I can get any girl I want' and stuff ... Most of us boys are really **fed up** with **Phoney** Tonys **inflated ego**."
„And you're sure you're not just making all of this up because you're **envious**?" Da war sie wieder, die kleine fiese Schlange in mir. Aber was Danilo mir da auftischte, war so unglaublich, so undenkbar, dass ich es einfach nicht verarbeiten konnte.
„Jessie ..." Er drehte hilflos die Handflächen nach außen. „I'm not happy being the **bearer** of bad news again, believe me. But I thought **you ought to** know some things before you get involved even deeper ..."
„Okay, fine, you've told me now. But don't expect me to thank you for it."
„Jessie, I'm afraid there's something else ..."
Ich verschränkte die Arme vor der Brust. „Oh, you're not finished yet? What next? A fairytale about Tony not being a boy at all but a transsexual Indian princess?"
Danilo musste trotz allem lächeln. „You've got a very **vivid** imagination." Dann wurde er schlagartig wieder ernst. „No, Tony *is* a boy – although he definitely is a

to eavesdrop lauschen
to boast prahlen
irresistible unwiderstehlich
to be fed up die Nase voll haben
phoney verlogen, falsch
inflated ego aufgeblasenes Ego
envious neidisch
bearer Träger; Überbringer
you ought to du sollst
vivid lebhaft

disgrace to our **sex**. The problem is ... he already has a girlfriend."
„He has ... a *girlfriend*?"
„Yes, back in London. They've been together for almost eighteen months now, at least that's what he says."
„But ... but that's impossible!", wehrte ich ab.
„Erm ... who do you think he was talking to when we **overheard** his phone call? You know, on our first day in P-town?"
Ich starrte ihn verständnislos an. „His mother, I thought!"
„Sorry, but you thought wrong. That was Brenda, his girlfriend."

disgrace Schande
sex Geschlecht
to overhear zufällig hören

Muss gleich mal in meinem Tagebuch nachgucken, was Tony da am Telefon genau gesagt hat, schoss es mir durch den Kopf. Und jetzt, nachdem ich nachgeschaut habe, muss ich sagen ... Ich weiß nicht, was ich sagen soll. Die paar Sätze, die er von sich gegeben hat, könnten sowohl auf seine Mutter als auch auf eine Freundin passen.
Aber das kann doch alles gar nicht sein! Es *darf* nicht sein! Heißt es nicht immer, jemand gilt als unschuldig, bis seine Schuld bewiesen ist? Solange Tony mir nicht persönlich in die Augen guckt und zugibt, dass er eine Freundin hat, gehe ich weiterhin davon aus, dass er es mit mir ernst meint. Einem Dritten zu glauben (auch wenn das Danilo ist), ohne den Betroffenen selber gehört zu haben, würde voll gegen meinen Gerechtigkeitssinn verstoßen.
Es muss eine andere Erklärung für Tonys merkwürdiges Verhalten geben. Es muss einfach!

Sonntag,
14. AUGUST,
11 Uhr 40

Wetterlage: Ein tropischer Wirbelsturm ist ein Dreck gegen das, was intern im Camp abgeht.
Fauna-Sichtungen: Let's not talk about it, okay?
Sozialstatus: **Outcast**!
TdT: **Malice** *in Wonderland.*

outcast
Ausgestoßene(r)
malice
Böswilligkeit

Hilfe! Mama, Papa, holt mich hier raus! Wenn man denkt, noch irrer und wirrer kann die Gefühls-Achterbahn nicht mehr werden, die ich derzeit hier fahre, kommt tatsächlich doch wieder was Neues daher und toppt das Ganze!
Ich bin eine Diebin! Ja, richtig gelesen, ich hab geklaut. Zumindest denken das alle hier.
Natürlich hab ich *nicht* geklaut, aber alle halten mich für die Schuldige. Klasse, was?
Heute Morgen ist Danilo nämlich zu Chris und Lisa gegangen und hat den Verlust seiner gesamten Barschaft gemeldet. Er hatte das Geld sorgfältig zwischen seinen Klamotten im Zelt versteckt und jetzt ist es futsch. Zum Glück war es keine sooo hohe Summe, an die hundert Dollar, meinte er, aber trotzdem – schlimm genug. Jetzt ist die Kohle weg und Danilo sitzt auf dem Trockenen, zumindest bis morgen, wenn die Banken wieder aufmachen.

Die zwei Campleiter haben dann sofort eine Generalversammlung einberufen und uns alle über den Vorfall in Kenntnis gesetzt.
„When did you last see the money before it was ... before it disappeared?“, fragte Chris.
„On Thursday, I think“, sagte Danilo. „I didn't check in between because I didn't need any money. So it was only this morning that I realized it was gone – I wanted to take some of it to go into town tomorrow ... “
„And you're sure it can't be anywhere else?“, hakte Lisa nach. „I mean, maybe you put it in another pocket or something and then forgot about it ...“
Danilo schüttelte den Kopf. „No way, it was definitely there.“
„Then there must be some other explanation ...“, sagte Chris.
„What explanation can there be other than that someone has stolen his money?!“, keifte plötzlich Kelly dazwischen. „And I think I already suspect something ... or somebody ...“
Chris warf ihr einen merkwürdigen Blick zu, den ich nicht deuten konnte. „We'd better be careful about making **accusations** against anybody.“
„And what if I have proof?“, gab sie zurück und man sah ihr dabei die fiese Freude richtig an.

accusation
Anschuldigung

„What are you talking about?“, fragte Lisa. „Did you see someone steal the money? If so, you'd better speak out right away.“
„Well ... no, I didn't see anybody do it, but I know somebody who had the perfect opportunity.“

to beat about the bush drum herum reden
sneak Petze
cash Bargeld
evidence Beweis
to shoo out herausscheuchen

Was sollte denn das blöde Getue? Wollte sie sich mal wieder in den Mittelpunkt der Aufmerksamkeit rücken oder wusste sie wirklich, wer Danilos Geld geklaut hatte? Chris wurde auch langsam ungehalten. „Stop **beating about the bush** and tell it like it is!“, zischte er.

„Erm ... okay, look, I don't want you to think I'm a **sneak** or something“, wand sich Kelly. „But I'm pretty sure it was Jessica who stole the **cash**.“

Kawumm!

Hätte mir jemand plötzlich eröffnet, dass uns in zwei Minuten ein wolkenkratzergroßes Ufo plattmachen würde, hätte ich auch nicht entsetzter sein können. Diese miese Schl... – Nein, reiß dich zusammen, Jessie! Dieses kleine Giftbiest wagte also zu behaupten, *ich* hätte Danilos Geld gestohlen!

Die anderen starrten Kelly auch, wie vom Donner gerührt, an. „Aha“, sagte Chris dann. „You'd better tell us right away what **evidence** you have of this.“

„Okay. Danilo just said he hasn't seen his money since Thursday. Well, Jessica was in the boys' tent on Thursday night – all alone, I mean, without any of us girls ... She stayed there after the rest of us ... you know ... after you caught us having that pyjama party ...“

Die zwei Campleiter drehten sich zu mir um und die Enttäuschung in ihrem Blick drang mir bis ins Mark.

„Is that true? You hid somewhere in the boys' tent while we **shoood out** all the other girls? You kept your head down and didn't admit what you'd done?“, fragte Chris ungläubig.

„Yes, but I … I didn't want … I mean, I couldn't …", stammelte ich. Ich hätte gehofft, dass Tony mir nun unter die Arme greifen und alles aufklären würde, aber als ich Hilfe suchend zu ihm hinsah, schaute er nur betreten zu Boden.

„And we thought you were the only one who didn't take part in that **childish** party thing …", raunte Lisa.

„I guess that was why you did the punishment the day after", sagte Chris. „It was because you had a guilty conscience."

„I'm so sorry … I didn't mean to disappoint you. I wish I could explain … It wasn't what you think …", brachte ich krächzend heraus. Dann räusperte ich mich und fügte lauter hinzu: „Okay, I was there, in the boys' tent. But I didn't steal Danilo's money! I had no idea he kept any cash there, anyway. Listen – **I don't have a clue** who took it, but it wasn't me, I swear!"

Es kotzte mich so was von an, mich jetzt auch noch so rechtfertigen zu müssen – vor versammelter Mannschaft! Was sollte das denn werden, ein Tribunal oder was?

Keiner schien an meine Unschuld zu glauben. In manchen Augen – denen von Chris, denen von Danilo selber – meinte ich, so etwas wie Zweifel an meiner Schuld zu sehen, aber direkt auf meiner Seite war keiner. Ich war mutterseelenallein.

Und bin es immer noch. Seit heute Morgen redet keiner mehr mit mir, alle gehen mir aus dem Weg.

Chris hatte dann schließlich verkündet, er habe keine Ahnung, wem oder was er glauben solle, und dass er

childish kindisch
I don't have a clue ich habe keine Ahnung

und Lisa sich das Ganze erst mal durch den Kopf gehen lassen müssten, bevor entschieden werde, wie es weitergehen soll.

to pull oneself together sich zusammenreißen

Und eine Stunde später trommelte er uns schon wieder zusammen. Wer auch immer das Geld genommen habe, möge es innerhalb der nächsten vierundzwanzig Stunden zurückgeben, ob offen oder anonym, hieß es, dann könnte man die ganze Sache vergessen. Ansonsten würde man Anzeige gegen unbekannt erstatten.

Als er das sagte, schauten mich alle erwartungsvoll an und Kelly entblödete sich nicht, mir einen Blick zuzuwerfen, der vor falschem Verständnis nur so troff, und zu sagen: „Come on, **pull yourself together** and give the money back. You'll feel much better afterwards."

„I can't give back what I didn't take in the first place", sagte ich nur, drehte mich weg und marschierte ins Mädchenzelt.

Und da sitze ich jetzt und habe nicht die leiseste Ahnung, wie es weitergehen soll. Es ist einfach so unfair! Nicht mal Danilo glaubt mir so richtig!

Ich wette, diese bösartige Hexe Kelly steckt hinter allem! Die hat bestimmt spitzgekriegt, dass Tony auf mich abfährt, ist auf ihrem Hexenbesen angeritten gekommen und hat diese miese Nummer eingefädelt, um mir eins auszuwischen.

Aber wie zum Henker soll ich das beweisen? Wenn ich anfange, in ihren Sachen zu wühlen, um vielleicht Danilos Geld zu finden, und mich sieht einer dabei, halten mich doch erst recht alle für eine Diebin! Ganz abgesehen davon, dass nicht mal Kelly hirnverbrannt genug

wäre, die Kohle zwischen ihren Sachen zu verstecken, wenn sie selber die diebische Elster gewesen ist.
Ich meine, Kellys Kabale-und-Hiebe-Kiste war ja schon immer schwer zu ertragen, aber das hier geht echt zu weit. Ich pack das nicht!
Was soll ich jetzt bloß machen?

Montag,
15. AUGUST,
20 Uhr 22

Wetterlage: außen wieder windstill und mild, in mir Gefühlssturm hoch drei.
Fauna-Sichtungen: zwei Finnwale, sechs Tümmler, zwei begossene Meerjungfrauen.
Sozialstatus: irgendwo zwischen himmelhoch jauchzend und zu Tode betrübt, und ich kann mich beim besten Willen nicht entscheiden, wo ich mich einpendeln soll.
TdT: Of Lice and Men – Und wie man die einen von den anderen unterscheidet.

Vierundzwanzig Stunden hatte der Dieb Zeit bekommen, das Geld zurückzugeben. Um genau zu sein: bis Montag, 13 Uhr.
Wenn überhaupt, dann würde das Geld am ehesten über Nacht auftauchen, dachte ich. Aber nein, am Montagmorgen hatte Danilo seine Dollars immer noch nicht wieder.
Aber was dann passierte, ließ uns alle das gestohlene Geld vergessen.
Nachdem die Sperrfrist für Bootseinsätze nun abgelaufen war, blieb den Campleitern nichts anderes übrig, als uns wieder aufs Wasser zu lassen. Heute bestand das Team, das auf die *Enola Gray* durfte, aus Geena, Danilo, Tony und mir – ziemliche Dynamitladung, was?

Und geknallt hat es dann auch – und wie ...
Warum Chris dem Captain brühwarm von der Diebstahl-Geschichte erzählen musste und dass ich verdächtigt wurde, weiß ich beim besten Willen nicht. Aber ein Gutes hatte es jedenfalls: Ich erlebte zum ersten Mal, dass jemand an meine Unschuld glaubte. Und das tat so was von gut!
Kaum hatten wir abgelegt und kämpften uns durch die ersten nennenswerten Wellen auf offener See, kam Captain McFlye zu mir und stellte sich stumm neben mich.
„You didn't do it, right?", sagte er nach einer Weile und es klang eher nach einer Feststellung als nach einer Frage.
„No, I didn't do it", sagte ich.
Er nickte ernst. „That's all I wanted to hear." Er schwieg wieder, dann fuhr er fort: „I hope that boy gets his money back soon. He's a nice kid, and he seems to be really interested in whales."
„Yeah." Ich wusste nicht, was ich sonst sagen sollte.
„Do you have any idea who could have stolen his money?", fragte der Captain.

to take care of sth sich um etwas kümmern

Ich zögerte. „I'm not sure."
Er schwieg wieder, dann nickte er. „Okay, girl, then I guess it's time to start work. A few passengers have already asked for something to eat and I don't want to keep them waiting ..."
„No problem, I'll **take care of** it."
Ich ging in die Kombüse runter, wo Danilo mir zwei Teller mit Spiegeleiern und Würstchen in die Hand drück-

te. „For the lady over there“, sagte er und mied meinen Blick. „The one with the red jacket and the two little children, see?“
Ich nickte stumm und trug die Bestellungen aus.
Und genauso stumm ging es weiter. Danilo kochte, ich machte die Bedienung, Tony teilte Buttons aus und Geena, die heute Fotodienst hatte, stand mit der Kamera im Anschlag an der Reling.
Der Wind hatte in der Zwischenzeit ziemlich aufgefrischt, der Himmel wirkte plötzlich sehr dunkel. Sah aus, als würde ein kleines Unwetter aufziehen, und ich konnte nur hoffen, dass wir nicht „Wackeln im Sturm“ spielen müssten.
Die Wale gaben sich auch ungewöhnlich kamerascheu. Ein Finnwal war mal kurz zu sehen gewesen, aber bis wir hinkamen, war er wieder abgetaucht und mehrere hundert Meter weiter wieder hochgekommen. Der Captain drehte ab. Hatte wenig Sinn, einem Tier nachzustellen, das wohl einfach in Ruhe gelassen werden wollte.
Jetzt, wo die Leute abgefüttert und schon seit über einer Stunde hier draußen waren, begannen sie sich auch sichtlich zu langweilen. Die Erwachsenen maulten immer hörbarer, die Kinder hockten mürrisch in einer Ecke oder rannten überdreht an Deck herum, weil sie einfach nichts anderes zu tun hatten. Der Captain klapperte alle Plätze ab, die für Walsichtungen bekannt waren, und lauschte auf allen Frequenzen nach Meldungen anderer Schiffe, aber nichts. Wale präsentierten sich nun mal nicht auf Kommando, wir waren hier ja nicht im Zirkus.

Ich fürchtete schon, das würde einer der seltenen Tage werden, an denen wir uns mit unzufriedenen Touristen rumschlagen und ihnen ihr Geld zurückgeben müssten – da passierte es.
Und es passierte alles so schnell, dass man es beinahe verpasst hätte, wenn man in dem Augenblick geblinzelt hätte.
„Fin whale at seven o'clock!", brüllte Tabea Forrester, die heutige Bord-Biologin, und der Captain riss so heftig das Steuer herum, dass ein kräftiger Ruck durchs Schiff ging.
In der gleichen Sekunde rannten die beiden Kinder der Dame in Rot, der ich zuvor Spiegeleier und Würstchen serviert hatte, an Geena vorbei. Eins der Kinder wurde von dem Kurswechsel so zur Seite geschleudert, dass es gegen Geena stieß – und der flog die Kamera aus der Hand und im hohen Bogen über die Reling (keine Ahnung, wieso sie sich das Ding nicht um den Hals gehängt hatte). Geena beugte sich instinktiv vor, um die Kamera aufzufangen, geriet aus dem Gleichgewicht und stürzte einen Augenblick später selber kopfüber ins Meer!
Ein entsetztes Raunen ging durch die Zuschauer. Der Finnwal war natürlich sofort vergessen.
„Man overboard! Man overboard!", schrie ich und stürmte an die Stelle, an der Geena verschwunden war. Ich starrte ins Wasser. Geena war zum Glück weit genug vom Schiff aufgekommen, um nicht vom Kielwasser nach unten gezogen zu werden und in die Schiffsschraube zu geraten, und obwohl erst wenige Sekunden vergangen waren, strampelte sie schon ein

gutes Stück hinter uns gegen die Wellen an. Gegen das Dröhnen des Motors und den heulenden Wind konnte man nicht hören, ob sie schrie, und ich konnte nur hoffen, dass sie sich ihren Atem und ihre Kraft fürs Schwimmen aufhob.

Kaum hatte er meinen Ruf gehört, drehte der Captain sofort bei und setzte fluchend zur Umkehr an. Doch so ein Schiff ist ganz schön träge und lässt sich nicht so leicht manövrieren wie ein Go-Kart, und der Seegang war mittlerweile auch ziemlich heftig geworden.

Als er wieder nahe genug an Geena rangekommen war, stellte Captain McFlye den Motor ab und warf den Anker aus.

lifebelt
Rettungsring

Mittlerweile hatten sich sämtliche Touristen um mich herum an die Reling gedrängt, ich kam keinen Zentimeter mehr weg.

Tabea hatte das umgekehrte Problem – sie kam weder an uns noch an den Rettungsring heran, der an der Außenwand der Kombüse hing. „Let me through! I need to get to the **lifebelt**!“, rief sie, aber die Leute spielten nicht mit. Die vorne an der Reling standen, waren nicht bereit, ihren guten Aussichtsplatz aufzugeben, und die weiter hinten drängten unerbittlich nach vorn, um ihnen die guten Aussichtsplätze streitig zu machen.

Es war zum Verzweifeln! Hier ging es um ein Menschenleben und die Leute balgten sich um die Logenplätze, um ja keine Sekunde vom Kampf um Leben und Tod zu verpassen!

Da hatte ich die rettende Idee – Tony! Er stand nur drei Meter neben dem Rettungsring und hatte kaum Leute um sich herum.

„Tony!", brüllte ich über die Köpfe der mich umzingelnden Meute hinweg. „The lifebelt! Get the lifebelt! Throw it to me! Quick!"
Aber Tony starrte mich nur an, als hätte ich Suaheli geredet, und rührte sich keinen Millimeter vom Fleck. Hatte er mich nicht gehört oder war er einfach unfähig, sich zu bewegen?
„Tony! Geena's fallen overboard! Get that lifebelt over there! Quick!"
Er stand weiterhin nur da, sah panisch nach allen Seiten und wirkte, als hätte er irgendwas total Fieses eingeschmissen, was ihn in einen Zeitlupen-Zombie verwandelte.
Ich beschloss, einen allerletzten Versuch zu unternehmen. Was hatte ich auch für eine Wahl? „Tony! Get the bloody lifebelt! Move! Move! Do ... *something*! NOW!!"
Nichts.
Und da begriff ich. Der Typ war vor Angst und Hilflosigkeit wie gelähmt! Der große, coole, starke Typ, in den ich mich verknallt hatte, war – jetzt, wo es drauf ankam, seinen Mann zu stehen – zu einem kleinen Versager-Würstchen geschrumpft. Was für ein armseliger Schachmatt-Schwachmaat! Es traf mich schwer, dass ich mich so in ihm getäuscht hatte, und ich war richtig wütend. Auf ihn – und auf mich selbst. Aber dafür war jetzt keine Zeit. Geena war wichtiger.
Ich wollte gerade wieder ins Wasser runterschauen, da sah ich aus dem Augenwinkel, wie Danilo aus der Kombüse stürzte, den Rettungsring vom Haken riss und mir in der gleichen Sekunde schon zuwarf. Ich konnte mich gerade noch rechtzeitig umdrehen, um ihn aufzufangen.

Doch damit war das Drama noch lange nicht zu Ende. Um mich herum griffen etliche Hände nach dem Ding, jeder wollte es ins Wasser schmeißen, jeder zerrte, jeder zog, es war ein Albtraum.
„Leave it! We need to throw the lifebelt very carefully. Please be **sensible** and let me do it! Ladies and gentlemen, please!"

sensible
vernünftig
to go limp
erschlaffen

Aber die Leute hörten nicht auf mich. Am Ende segelte der Rettungsring dann tatsächlich durch die Luft, landete aber satte zehn Meter von Geena entfernt, die ohnehin schon immer schwächer wirkte. Immer wieder tauchte sie zwischen den Wellen ein Stück unter, auch ihr Kopf war schon mehrmals untergegangen. Sie würde es niemals schaffen, zum Rettungsring zu schwimmen.
Ich riss mich von den Händen los, die an mir herumzupften, und kletterte kurz entschlossen über die Reling. Einen Augenblick später sprang ich ins Wasser. Vier, fünf lange Armzüge, dann war ich bei Geena.
„Don't fight against me!", brüllte ich ihr ins Ohr. „Just **go limp** and let me do it. I'll get you out of here."
Ich griff ihr unter die Achseln und drehte sie auf den Rücken, heilfroh, dass sie vernünftig genug war, nicht gegen mich anzukämpfen und uns damit beide zu versenken.
Ich hatte Mühe, sie zum Rettungsring zu schleifen, die Wellen waren wirklich nicht zu verachten, von hier unten sahen sie noch viel übler aus als von Bord des Schiffes. Mehrmals schluckte ich Salzwasser, und auch

Geena hustete und prustete, aber am Ende erreichten wir den Rettungsring und ich hievte sie hinein.
„Hold on! Hold on to the lifebelt! They'll pull you in now. You just hold on and don't let go."
Verzweifelt Wasser tretend, sah ich nach oben – und da tat sich einiges. Captain McFlye und Tabea hatten es endlich geschafft, sich zur Reling durchzukämpfen, und der alte Seebär brüllte die Leute, die ihm im Weg standen, gnadenlos beiseite.
Da tauchte auch Danilo auf. Als hätte er seit Jahren nichts anderes getan, wuchtete er mit dem Captain zusammen eine Strickleiter über die Bordwand, machte sie an der Reling fest und ließ das andere Ende hinunterkullern.
Tabea und der Captain zogen an der Leine des Rettungsrings, ich schob Geena von hinten an und musste gleichzeitig zusehen, dass ich selber über Wasser blieb.
Leicht war es nicht, die Strickleiter hochzukrabbeln. Vor allem Geena war schon ziemlich geschwächt vom langen Kampf gegen die Wellen.
Aber am Ende haben wir es geschafft. Keuchend schwang ich die Beine über die Reling und ließ mich an Deck fallen.
„What did I tell you never to do?", donnerte der Captain los. Er hatte sich über mir aufgebaut und beugte sich zu mir herunter, während Tabea sich um Geena kümmerte. „Never ever *jump into the water!* I told you, didn't I? I told you hundreds of times! Whatever you do, don't ever jump overboard, I said. And what did you do? *You jumped into the water!* I can't believe you were so ..."

hoarse heiser
whisperer Flüsterer
to yell brüllen

Der Rest der Standpauke vernebelte sich zu einem ohrenbetäubenden Trommelwirbel, der mich schier taub machte. Ich spürte nur noch, wie Danilo sich neben meinen Kopf kniete und mir grinsend ins Ohr flüsterte: „He'll be a **hoarse whisperer** tomorrow if he goes on **yelling** like that. Don't worry, everything's going to be just fine. You made it."
Komisch, dass ich das höre, obwohl er doch nur flüstert, dachte ich noch.
Dann wurde alles schwarz.

Dienstag, **16. AUGUST,** *12 Uhr 38, im Internetcafé*

ESTELLA: I'm glad to hear it wasn't anything serious, you **lifesaver**, you heroine!

ICH: Yeah, just a boringly ordinary **faint**. *lol* Not very heroine-like. I don't feel like a heroine, anyway. Anybody else would have done exactly the same thing.

ESTELLA: I doubt it. There aren't many people who **have the guts** to risk their own lives.

ICH: I didn't risk my life! I'm a good swimmer.

ESTELLA: You may be a good swimmer, but open water is not the same as a swimming pool. You had stormy weather and high waves, and the sea is full of sharks and enormous whales and **poisonous** jellyfish or whatever ...

ICH: ***snort*** Come on, don't **exaggerate**. There was nothing like that where I jumped in.

ESTELLA: But there could have been! Captain McFlye was absolutely right to tell you off after this adventure – even if you were so brave and rescued Geena.

ICH: Okay, okay, I'm a **repentant** heroine, I'm sorry I did what I did ...

ESTELLA: *rofl* No, you're not. And you *did* do the right thing.

lifesaver Lebensretter(in)
faint Ohnmacht
to have the guts den Mumm haben
poisonous giftig
to snort schnauben
to exaggerate übertreiben
repentant reumütig

Ich: At least it helped Geena – and opened my eyes to some things ... *sigh*

Estella: You mean Tony ... I guess you're pretty unhappy now, hm?

Ich: Yes, on the one hand, I am. I'm hurt and disappointed and ... well ... it's **painful** when you have to realize that the person you thought was the love of your life is in fact ... all **packaging** and no substance.

Estella: Sounds like you've fallen out of love quite **abruptly**.

Ich: Definitely. In fact I even think I may not have been in love at all – I mean, maybe I only fell in love with what I believed him to be. And now he's turned out to be somebody else. I fell in love with an ideal, not with the real Tony.

painful schmerzhaft
packaging Verpackung
abruptly abrupt, jäh
to lie (lied, lied) lügen
yep ja; jawohl

Estella: So he really **lied** to you all the time? He really has a girlfriend in London and he really runs after every girl he can get?

Ich: Looks like it. Isn't that pathetic? *And* I also heard something else about him that made me really, really angry. Pete told me today – you know, the guy from South Africa. He said he had heard what happened on the boat – how Danilo helped to rescue Geena and Tony didn't. So he decided there was something else I needed to know.

Estella: About Tony and Danilo?

Ich: **Yep**. Pete was one of the boys who went on the walk that day – you know, when Tony carried Danilo back to camp ...

ESTELLA: Yeah, I remember. And now he told you something that shows that day in a completely new light?

ICH: Exactly. Pete said Danilo *did* have several soft drinks with him as he knew what could happen to him with his diabetes. *But ...* most of the other guys didn't want to carry too much **weight**, so they didn't bring enough to drink. And it was a **mighty** hot day, you know. So when they got thirsty they started **messing about** and laughing and **shoving** Danilo around. In the end they took his **backpack** away and drank everything he'd brought, so he had nothing when he needed it so badly.

ESTELLA: Oh my god, that's terrible!

ICH: Okay, they didn't know about Danilo being diabetic, but still ... It was just a bit of fun for them – having that little Italian **nerd** carry everything for them ... Pete said Tony was the worst. He didn't even listen when Danilo tried to explain that it could be dangerous for him. He didn't let him have even one **swig** of his own drinks!

ESTELLA: So when poor Danilo collapsed they were suddenly **scared shitless** (pardon my French) and carried him back to camp?

ICH: You got it. So Tony was no hero after all. Pete had a very guilty conscience about what happened – unlike Tony, the miserable **coward**!

ESTELLA: Well, that fits. The guy is a total loser. Did you talk to him about it?

weight Gewicht
mighty *(AF)* mächtig
to mess about herumalbern
to shove schubsen
backpack Rucksack
nerd Trottel
swig Schluck
to be scared shitless sich vor Angst in die Hose machen
coward Feigling

ICH: No, there was no opportunity. And to be honest, I'm not even sure I ever want to talk to him again. In fact, I know everything I need to know about him, so what's the point in talking any more?

ESTELLA: That's true. And what about Danilo now?

ICH: What about him?

ESTELLA: Well ... I always thought he could be your real Mr Right ... much more so than Tony ;-)

ICH: Hey, you can't be serious! The guy is at least a head shorter than I am! And he's ... he's ...

ESTELLA: He's what? **Courageous**? **Witty**? Funny? A person of **integrity**? Somebody you can always **rely on**? You're right, that sounds absolutely ... repulsive *lol*

ICH: Yeah, **go ahead**, feel free to laugh at me! ☺

ESTELLA: Come on, admit it. He did impress you when he stepped in and helped to rescue Geena.

ICH: Okay, okay, of course he did. He is courageous and witty and funny and ... all the other things you mentioned. And he's always been the only friend I had in camp.

ESTELLA: By the way: did his money **turn up in the meantime**? Looks like you're **surrounded** by Men In **Lack** – one is lacking in money, the other in courage ... ;-)

ICH: Hey, not bad! You're a quick play-on-words-**apprentice**! ☺ No, unfortunately his money hasn't tur-

courageous mutig
witty witzig
integrity Integrität
to rely on sb sich auf jdn verlassen
Go ahead. Mach ruhig weiter.
to turn up auftauchen
in the meantime in der Zwischenzeit; mittlerweile
surrounded umgeben
lack Mangel
apprentice Auszubildende(r)

ned up yet. But he told me this morning he's sure it wasn't me who stole it.

Estella: There you go – more proof of his **loyalty**.

Ich: I really hope he gets his money back. Chris and Lisa **filed charges** against person or persons **unknown** today. I'm afraid I'll have to face a policeman this afternoon. They said they're going to send an officer to look into the affair.

Estella: You're **innocent**, you've got nothing to fear.

Ich: I know, but still ... well, we'll see. Oh Estella, and I'm so sad I have to leave tomorrow! I'll miss Provincetown, and the whales, and **grouchy** old Captain Krill Bill and ...

Estella: Always look on the bright side of life *whistle*. You definitely won't miss Kelly!

Ich: *lol* You're definitely right, I won't.

Estella: What about the other girls? Did Geena's accident open their eyes?

Ich: Yes, looks like it. Geena and Betty and two other girls came up to me this morning and apologized for being so **unfriendly** to me all the time. They said they were so stupid to try and be friends with Kelly instead of me. And Geena thanked me for helping her out of the water.

Estella: And what did you say?

Ich: I just said that I was glad we'd **sorted** that **out**, and maybe we could **stay in touch** after camp – you know, by email or something. Geena even invited me

loyalty Loyalität
to file charges Anzeige erstatten
unknown unbekannt
innocent unschuldig
grouchy grantig
unfriendly unfreundlich
to sort out sich Klarheit verschaffen
to stay in touch in Kontakt bleiben

to visit her in Ireland. Who knows, maybe she or some of the other girls will come to Hamburg sometime … we'll see.

Estella: Sounds like you're quite **at peace** with everything.

Ich: Hm … not everything. I still have to talk to Captain McFlye, and then there's the thing with the police officer this afternoon …

Estella: You'll get through it, I've no **doubt** about that. Guess next time I'll hear from you you'll be at your desk at home in Hamburg?

Ich: Yes, I think so. Tomorrow it'll be packing and saying goodbye to everybody in camp and then getting to the airport …

Estella: When's your flight?

Ich: 8:25 p.m. We'll be flying all night. And I'm probably going to be awake all night … bloody narrow seats …

Estella: I'll keep my fingers crossed. Okay, then, have a good flight and CU again soon!

Ich: Oh, and … Estella? Thank you so much for listening to me and cheering me up and **comforting** me through all the good&bad times here! You're the best friend anyone could have!

Estella: Okay, that's enough for today! ☺ Now get your **butt** out of here and onto that airplane.

Ich: Aye aye, Ma'am! CU soon!

at peace im Frieden
doubt Zweifel
to comfort trösten
butt *(AE)* Po

Mittwoch,
17. AUGUST,
17 Uhr 46

Wetterlage: mild, aber regnerisch – schnüff, sogar der Himmel weint, weil ich hier wegmuss.
Fauna-Sichtungen: fünf Seehunde, ein uniformierter Schnüffler, ein Seebär.
Sozialstatus: Rehabilitation auf ganzer Linie.
TdT: Macht's gut, und danke für den Wisch!

Ich kann es nicht fassen, dass es jetzt schon wieder heimwärts geht. Kommt mir vor, als wäre es erst gestern gewesen, dass ich in diesem Bus saß und in die entgegengesetzte Richtung fuhr. Diesmal haben wir zum Glück einen viel wortkargeren Fahrer zugeteilt bekommen, dessen mürrischer Gesichtsausdruck perfekt zum Nieselregen passt. Ich bin froh, dass ich mich in Ruhe in meinen Sitz verkriechen und meinem Abschiedsschmerz frönen kann.
Ist mir ganz schön schwergefallen, ein letztes Mal zum Pier zu gehen und auf die *Enola Gray* zu klettern. Erstens weil ich wegen Captain McFlye ziemlich Muffensausen hatte und zweitens weil ich wusste, gleich muss ich mich vom Meer verabschieden.
Das mit dem Captain war dann aber gar nicht schlimm. Erst grummelte er noch ein bisschen was von „ungehorsamen Gören" oder so in seinen Bart, aber dann hellte sich sein Gesicht auch schon wieder auf. „I'm

glad you didn't get hurt, kid. I understand you did what you had to do, and you saved that silly girl's life. I like people who **get on with the job**, and I'm sure you'll be a good whale woman some day. But just remember: never do a stupid thing like jumping overboard again, you get me?", sagte er.

Ich nickte nur. Mit dem dicken Kloß im Hals hätte ich eh kein Wort rausgebracht.

Und als er dann lächelte und mich mit seinen riesigen Seebärenhänden packte und an sich drückte, dass ich in seinem Bart die Mischung aus Tabak, Rachentöter und Salzwasser riechen konnte, da musste ich aufpassen, dem ollen Tiefseefaucher nicht den Hemdkragen vollzuschniefen. Er traute mir also zu, *a good whale woman* zu werden – buhuhuuu, ich war echt zu Tränen gerührt. Und ich schwor mir und ihm, so bald wie möglich wieder zu kommen.

to get on with the job
mit anpacken

Dann ging ich von Bord, winkte dem Captain und den Hafen-Seehunden durch den Tränenschleier matt zum Abschied zu und verzog mich mit hängenden Schultern ins Camp.

Wo mich dann gleich die nächste Herausforderung erwartete.

Der angekündigte *police officer*, ein korpulenter, ziemlich kahlköpfiger (und mir auf der Stelle unsympathischer) Typ, war nämlich mittlerweile eingetroffen und hatte sich, eifrig ein Clipboard durchblätternd, vor der versammelten Lagerbelegschaft aufgebaut.

Offenbar hatte man nur noch auf mich gewartet. Während ich mich neben Danilo stellte, sagte Chris:

„Officer Harper, this is Jessica Neumann, the German girl we told you about. The one who's been **accused** of stealing the money. Though I must say I'm pretty sure that this accusation is **unfounded**."

Ich lächelte ihn überrascht und dankbar an. Also glaubte er doch an meine Unschuld!

Und da war er wohl nicht der Einzige. Denn plötzlich griff Danilo heimlich nach meiner Hand und drückte sie fest. Und ich ... ich drückte zurück.

„Hm-hm ...", brummelte der Polizist, ohne den Blick aus seinen Akten zu heben. „May I ask who accused her?", fragte er dann.

Schweigen.

Ich starrte Kelly an. Was war denn mit der los? Erst brachte sie mich mit völlig aus der Luft gegriffenen Behauptungen in Teufels Küche und jetzt traute sich diese Apocalypse Cow nicht mal mehr, zu ihren Anschuldigungen zu stehen?

accused beschuldigt
unfounded unbegründet
to point out hinweisen

„Well, some of the girls **pointed out** that Jessica could have had an opportunity to ... steal the money", sagte Lisa und starrte ebenfalls zu Kelly rüber. Offenbar wollten die Campleiter Kelly nicht direkt verpetzen, sie aber durch moralischen Druck dazu bewegen, selber Stellung zu beziehen.

Und diesen Stare Wars war Kelly offenbar alles andere als gewachsen.

„Okay, it was me who accused her", keifte sie plötzlich los. „So what? It *was* her! I have proof! She was in the boys' tent at the time, and she had a motive – just look at her clothes, she seems to be poor as a church mouse. I have absolutely no doubt that she was the one who took the cash!" Sie verschränkte kampflustig die Arme vor der Brust und warf mir einen hasserfüllten Blick zu.

„Hm-hm ...", brummte der Officer wieder. „Sounds like you're pretty **familiar with legal procedure**. Why is that so? **Do you happen to have** an explanation?"

Hoppla, was war denn da im Gange? Der Mann starrte unbeirrt weiter in seine Papiere. Chris und Lisa wechselten einen vielsagenden Blick, blieben aber stumm.

„So you are Miss Kelly Brewing, I suppose?", fuhr der Officer fort. „Well, there may be some things ... some little details ... that your friends here don't know about you, am I right?"

„Officer Walker, maybe we should not discuss this in front of everybody", wandte Chris ein, der offenbar mehr wusste als wir anderen. „Nobody should be forced to **reveal** their private lives to all the others ..."

Aber der Polizist fiel ihm ins Wort. „Mr ... erm ... Robertson, I don't need anybody to tell me how to do my job. **Rest assured** that I have my reasons for doing everything I do. So please be so kind as to let me continue ..."

Meine Güte, was war das denn für ein ätzender, arroganter Blutsauger? Der hätte ja problemlos eine der Hauptrollen in „Licc Age" spielen können!

„Now, Miss Brewing?", wandte er sich wieder an Kelly. „Would you mind answering my question?"

to be familiar with sth sich mit etwas auskennen
legal procedure rechtliches Verfahren
do you happen to have haben Sie zufällig
to reveal enthüllen
Rest assured, ... Verlassen Sie sich darauf, ...

„W-w-which question?“, stammelte sie und die abgekanzelten Campleiter standen samt Kellys (früheren?) Freundinnen so dümmlich da wie „Die zwölf Geschorenen“.
„What is it that you haven't told your friends?“, bohrte der Officer. „I have something here in my **file** which you seem to have kept secret. Do you want to tell them now, or would you prefer me to do it?“
„I ... I don't know what you're talking about“, stotterte Kelly weiter. „And I d-don't understand why any of my **personal matters** should have anything to do with ... I mean, I thought this was about Danilo's money and Jessica, who stole it ...“
„*I* think your personal matters have everything to do with this, Miss Brewing!“, donnerte der Polizist und Kelly zuckte verschreckt zusammen.
„Okay, if you're not **willing** to tell them yourself, I'll do it. Ladies and gentlemen ...“
Jetzt, jetzt endlich hob der Typ den Blick und sah triumphierend in die Runde. Für wen hielt der sich eigentlich? Für Hercule Poirot, der den Mord im Orientexpress aufklärte? So viel überhebliches Getue wegen eines Kleindiebstahls in einem Jugendcamp! Ich konnte es nicht fassen.
„It's time to tell you why Miss Brewing came to this camp in the first place“, fuhr er fort.
Ich sah zu Kelly rüber – sie schrumpfte immer mehr in sich zusammen, wie eine Quietscheente, die in der Sonne zerschmilzt.

file Akte
personal persönlich
matter Sache; Angelegenheit
willing bereit

„I don't know whether Miss Brewing has any particular interest in environmental affairs or the **protection** of marine mammals. All I know is that she hasn't come here **of her own accord**. Because this nice young lady, I am sorry to say, is a **notorious shoplifter**! She was sent here as a punishment – she was supposed to **work off** the **penalty** she was given for her **offence**."

protection Schutz
of one's own accord freiwillig
notorious notorisch
shoplifter Ladendieb(in)
to work off abarbeiten
penalty Strafe
offence Straftat
rival Rivale, Rivalin
to put sb out of the running jdn aus dem Rennen werfen

Kelly – eine Ladendiebin? Für die das hier so was wie ein Straflager war, in dem sie Sozialstunden ableisten sollte? Noch bevor ich mich von dem Schock erholen konnte, kam schon der nächste hinterher. Womit ich nie gerechnet hätte, trat ein – Kelly brach unter dem Druck des Polter-Polizisten zusammen.

„I ... I ... I didn't know what to do ...", schluchzte sie. „I didn't want to come here but they forced me to ... I hadn't expected it to be nice, in fact, and then ... there was Tony, and ..."

Betty, die neben ihr stand, starrte sie entsetzt an. „You fell in love with Tony, but then you noticed you weren't the only one, right?"

Kelly nickte unter Tränen. „And ... and Jessica looked like the most serious **rival** ... So I ..."

„So you decided to **put her out of the running** ...", brachte Lisa ihren Satz zu Ende. „Oh my, what a mess." Sie seufzte.

Aber echt, was für ein Schlamassel. Wie Kelly da so stand und vor sich hinschluchzte, unter den Augen des

Officers, der sich offenbar für einen Großinquisitor hielt, und der ganzen Mädchen, die plötzlich meterweit von ihr abrückten, tat sie mir plötzlich richtig leid. Was für ein armes Schwein! Irgendwas musste in ihrem Leben doch grundlegend schiefgelaufen sein, sonst hätte sie erst gar nicht zu klauen angefangen und wäre nicht so ein Miststück geworden. Auf einmal konnte ich ihr nichts mehr übel nehmen, was sie mir angetan hatte.

slander
Verleumdung

„Miss Neumann, would you like to bring charges against Miss Brewing for false accusations and **slander**?“, fragte mich plötzlich der Polizist.
Ich riss den Blick von Kelly los und versuchte, einen klaren Kopf zu kriegen. „No, no, of course not.“
„But you could ... If I were you I would“, beharrte er.
„Officer Walker“, ging Chris dazwischen. „Miss Neumann has already said no.“ Dann wandte er sich an Danilo: „Do you want to charge her with stealing your money?“
Danilo schüttelte den Kopf. „I don't think so. Kelly, do you still have the money? It would be enough for me if you would just give it back ...“
Sofort griff Kelly in ihre Hosentasche, kam mit gesenktem Kopf auf Danilo zu und drückte ihm scheu das Geld in die Hand. „I'm sorry ...“, flüsterte sie, ohne ihm in die Augen sehen zu können.
„I think this puts an end to the matter, Officer“, sagte Lisa.
Und das war auch tatsächlich das Letzte, was jemand zu der Sache sagte. Der Polizist stieg grummelnd in seinen Wagen und fuhr davon, die Campleute verzo-

gen sich schweigend in die Zelte und fingen an zu packen. Auch die Zettel mit der Bestätigung unserer Teilnahme am Umweltcamp teilten Chris und Lisa aus, ohne groß etwas zu sagen.
Was hätte man auch sagen sollen? Der Fall war gelöst, das Geld gefunden, die Fronten geklärt. Und während Kelly beschämt schon zwei Stunden früher als die anderen zum Flughafen fuhr und auf Nimmerwiedersehen nach Hause verschwand, waren wir anderen sehr bald mehr damit beschäftigt, voneinander und vom Camp Abschied zu nehmen, als uns weiter um Kelly Gedanken zu machen.
Eine Überraschung hatte der letzte Nachmittag in Provincetown dann aber doch noch zu bieten.
Der Bus, der uns zum Flughafen nach Boston bringen sollte, war eben angekommen und wir verstauten gerade unser Gepäck darin, als Tony plötzlich auf mich zukam.
„Hey, Jezebel“, sagte er betont fröhlich.
„My name is Jessica“, erwiderte ich.
„Oh. I thought ... okay, never mind, Jessica then. Well, Jessica, I just wondered whether ... I mean ... What about keeping in touch when we're back home? We could ... we could write each other and maybe even ... well, maybe even visit each other some day ... I'd love to get to know Hamburg and ... maybe you could show me the coolest bars and stuff ... you know ...“
Seine Augen funkelten wie immer, sein Lächeln war so strahlend wie immer, die Löckchen in seinem Nacken kringelten sich neckisch wie immer. Aber irgendwie war ich plötzlich ... immun dagegen. Auf einmal kam

mir sein Blick belanglos, sein Lächeln herablassend vor. Was hatte ich an dem Typen bloß so unwiderstehlich finden können?

„And stuff ... yes, I know", sagte ich. „But I'm afraid there are two reasons against you and me ever going out with each other. First: your girlfriend Brenda back in London."

„My ... my ... You know about my ...", stammelte Tony und riss die Augen weit auf.

„And second", fuhr ich fort. „My father back in Hamburg. I promised him never to **date** someone outside my species. And my species definitely does not include **two-faced** rats like you."

Als ich mich umdrehte und Tony, wie vom Donner gerührt, stehen ließ, sah ich Danilo, der offenbar ein Stück hinter mir gestanden und alles mitbekommen hatte. Er hatte Mühe, nicht laut loszulachen. Ich zwinkerte ihm zu und stieg in den Bus.

to date gehen mit
two-faced doppelzüngig

Thursday, AUGUST 18TH, 2:32

on board a Boeing 737 heading for Paris, somewhere above the Atlantic Ocean

Weather conditions: pretty cold outside, I guess, pretty warm inside.
Fauna sightings: one ***common housefly*** *which somehow seems to be able to survive the* ***unfavorable*** *conditions on board this airplane.*
Jessica's social status: ***fast*** *asleep next to a much too short Italian guy who can't sleep because he can't help looking at her all the time.*
Title of the Day: Braceheart. Subtitle: Teenagers with little ***defects*** *can be attractive, too. ;-)*

common housefly gemeine Stubenfliege
unfavorable unvorteilhaft
fast *hier:* fest
defect Fehler
aside zur Seite
comfortable bequem
to resist widerstehen
to forgive (forgave, forgiven) vergeben

Hi Jessie, this is Danilo, your ghostwriter. Okay, okay, I'm a nasty guy – I saw you trying to write something in your diary but you were so tired you put it **aside** again. And then you fell asleep – I'm so glad you were able to find a **comfortable** position at last. You're right, these seats are a pain in the a- … erm … what were we talking about?
Well, I … I couldn't **resist**. The diary was lying open and it was just too tempting … So I took it and I couldn't help starting to write. I'm really sorry, I hope you'll **forgive** me some day. And I swear I haven't read what you wrote before.

At least not much of it.
At least not the German parts, which I don't understand anyway.
We had quite a turbulent time in P-town, didn't we? (Speaking of turbulence – I hope the weather stays fine until we reach Paris so that you aren't **disturbed**. You look so **peaceful** and sweet when you're asleep.) I would say it was the most interesting and exciting time of my life so far. Working with whales, learning from the sea, from Captain McFlye, then the incident with Geena, and last but not least Kelly's ... let's call it performance ... WOW, what an experience! And you know what? I wouldn't have wanted to miss one second of it!
And the best thing this summer gave me was ... YOU! I'm so happy to have met you. You ... **cheeky** little (tall) thing, you big-hearted, **lanky**, cute girl who finally recovered from her **temporary lapse of taste** (no, I won't mention his name now).

disturbed gestört
peaceful friedlich
cheeky frech
lanky schlaksig
temporary vorübergehend
lapse of taste Geschmacksverirrung
to blush erröten
to clear one's throat sich räuspern

I'm awfully glad you can't see me now. I guess I've never **blushed** this deeply before. Maybe because I've never felt anything like this before. I hope you'll only read this when you're home again, because I couldn't bear to look at you when you read what I'd never be able to say out loud ...
Erm ... ahem ... *__clears throat__* ... I don't want to frighten you, but ... I ... I'm in love with you.
Phew.
Okay, now you've got it in black and white. I guess it

doesn't come as a big surprise but still ... Little step for **mankind**, huge step for little Danilo. ☺

I really hope we'll stay in touch. Maybe we can even go to Provincetown again next summer? You & me, together, both of us? Maybe I could try to grow an **inch** or two by next year, haha ...

And you know what? When it comes to kissing, I could stand on a **pile of books** or something (or your diary) so I wouldn't be as short any more ;-)

But if you feel like kissing right here, right now, when you wake up, then ... just go ahead, feel free, I'm ready – the **height difference** is not that **noticeable** when you're sitting down ... ☺

Love, Danilo

mankind Menschheit
inch Zoll *(ca. 2,4 cm)*
pile of books Bücherstapel
height difference Größenunterschied
noticeable auffällig

Auflösung der Wortspiele

Seite		
3	In 80 Lagen um die Welt	In 80 Tagen um die Welt
6	Diet Hard	Die Hard (Stirb langsam)
10	Odyssee im Wal-Traum	Odyssee im Weltraum
13	Hair Force One	Air Force One
13	Hard Brain	Hard Rain
18	Die chlorreichen Sieben	Die glorreichen Sieben
19	Der Club der toten Lichter	Der Club der toten Dichter
25	Jurassic Pack	Jurassic Park
27	Der alte Mann und der Teer	Der alte Mann und das Meer
28	Dove Story	Love Story
36	Star Dreck	Star Treck
36	Cool & Fool Runnings	Cool Runnings
36	Midnight Wowboy	Midnight Cowboy
44	The Tent Commandments	The Ten Commandments (Die Zehn Gebote)
44	Der Name der Dose	Der Name der Rose
57	Die Waffeln einer Frau	Die Waffen der Frauen
57	Die Strafe der Ölsardinen	Die Straße der Ölsardinen
59	Kalt ist der Abendbauch	Kalt ist der Abendhauch
62	Der Widerspenstigen Lähmung	Der Widerspenstigen Zähmung
63	My Hair Lady	My Fair Lady
63	Baked Lunch	Naked Lunch
64	Lola brennt	Lola rennt
67	Sulz auf unserer Haut	Salz auf unserer Haut
69	Wimmer mit Aussicht	Zimmer mit Aussicht
69	Nur die Tonne war Zeuge	Nur die Sonne war Zeuge
69	Hurra, die Schale brennt!	Hurra, die Schule brennt!
71	Die Asche meiner Kutter	Die Asche meiner Mutter
73	Ein Hauch von Herz	Ein Hauch von Nerz
73	Fettgeflüster	Bettgeflüster

75	Loch Jess	Loch Ness
76	Jurassic Pork	Jurassic Park
79	Im Rausch der Briefe	Im Rausch der Tiefe
83	Das Dreckige putzend	Das dreckige Dutzend
89	Jenseits von Reden	Jenseits von Eden
90	Hennen brennen	Hennen rennen
94	Zwei glorreiche Wal-Unken	Zwei glorreiche Halunken
95	Rasenkavalier	Rosenkavalier
100	Emergency Boom	Emergency Room
109	Zelt der Zärtlichkeit	Zeit der Zärtlichkeit
109	Bitches of Eastwick	Witches of Eastwick (Die Hexen von Eastwick)
112	Gesprengte Betten	Gesprengte Ketten
120	Romeo must Lie	Romeo Must Die
120	Und täglich küsst das Murmeltier	Und täglich grüßt das Murmeltier
120	Der heiße Hai	Der weiße Hai
121	Friedhof der Muscheltiere	Friedhof der Kuscheltiere
125	Malice in Wonderland	Alice im Wunderland
130	Kabale und Hiebe	Kabale und Liebe
131	Of Lice and Men	Of Mice and Men (Von Mäusen und Menschen)
133	Wackeln im Sturm	Fackeln im Sturm
139	Hoarse Whisperer	Horse Whisperer (Pferdeflüsterer)
143	Men in Lack	Men in Black
148	Apocalypse Cow	Apocalypse Now
148	Stare Wars	Star Wars
149	Lice Age	Ice Age
150	Die zwölf Geschorenen	Die zwölf Geschworenen
155	Braceheart	Braveheart

Love is in the air ...

Für 12 bis 14-jährige, die ganz easy ihr Englisch verbessern möchte

- **Deutsche Erzählpassagen, englische Dialoge** – so versteht man die Handlu und lernt Englisch ganz nebenbei.

Love Takes a Detour – Liebe auf Umwegen
Girls in Love
Von Christine Spindler

King of Hearts – König der Herzen
Girls in Love
Von Carole Eilertson, Dagmar Puchalla

Love at Second Sight - Liebe auf den zweiten Blick
Girls in Love
Von Herbert Friedmann

Knights, Kisses and Lovers' Oaths – Ritter, Küsse, Liebesschwüre
Girls in Love
Von Momo Evers

Dressed to Kill – Aufgedonnert
Girls in Love
Von Ulrieke Ruwisch

Love Takes a Holiday – Liebe auf Urlaub
Girls in Love
Von Tina Zang

A Mermaid to Kiss – Eine Meerjungfrau zum Küssen
Girls in Love
Von Yvonne Hergane

San Francisc Love Affair – Verliebt in Sa Francisco
Girls in Love
Von Petra A. E

Langenscheidt
...weil Sprachen verbinden

Infos & mehr
www.langenscheidt.